閱讀與寫作

Reading and Writing

陳謙——主編

王鳳珠、夏春梅、方群、陳謙——編撰

主編序

給知識一把鑰匙

本書專為提供國立台北教育大學「閱讀與寫作」通識課程使用而編撰，但內容亦能滿足一般文學愛好者賞讀且擊節讚嘆。文章事可鑑古知今，語文是一把神奇的鑰匙，它能開啟智慧閃現的靈光，也能「給夢一把梯子」，在現實與想像中往返穿越。

本書企劃因應通識教師個別專長因而分工分類選稿且撰述成書。閱讀的天地無限寬闊，我們也相信透過教師們「和而不同」的語文視野，定能替讀者們打開不同閱讀的興味，擴大知識領域的範疇，進而增進寫作的詞彙與客觀材料的取材經驗。

本書編輯凡例以文本、題解、作者為主要規劃，希冀作品的內容及其外緣盡可呈現讀者眼下。內容收錄古代聖賢或者現今名家，彙編為愛情、親情、地景與哲思四卷，文本主題因為相異，實則更豐富了閱聽人的耳目。文學來自於生活，閱讀與寫作就該回到生活的悲喜交集。這趟文學的豐盛之旅，我們即刻就將啟程。

陳謙

二〇一六年處暑，寫於國北教大文薈樓一〇五研究室

目錄

古文選

現代文學選

三、文學與地景 073

四、哲思文選 121

一、愛情與人生

編選序

王鳳珠

人生的終極關懷是什麼?

這個重要的問題每一個人的答案都是不一樣的，但對於身為大學生的青春少年少女而言，金色年華除了課業問題之外，對愛情的關注應該不少。中國的經典提醒我們「食、色，性也」，點出了愛情是人性需求的一部份。而西方的莎士比亞則說「愛是盲目的」，也就是說不論是誰，到了某個年齡階段，當一個人的愛情被啟蒙了，她或他那份為愛而生、為愛而死的複雜心情總是糾結著喜怒哀樂。觀察周遭沉浸於愛河中的人們，或是新聞訊息中因愛自毀的事件，會了解愛情的確是現代社會中，許多人在生命歷練中的一項重要功課。

文學作品中有許多關於愛情的優秀創作，當人們考量是否要接受愛神之箭或月老所牽的紅線時，卻要視其個人的愛情觀而有所不同。除了那些拋棄追求愛情的修道者之外，愛情豐美的果實帶給人們不同的品味感受，有些人幸運嚐到甜密的滋味，有些人則對酸澀的果實難以割捨，有些人更是在暗黑之夜飲著苦酒痛心無奈。

本單元想透過一些與愛情有關的文章，來和讀者探討愛情這項深奧的議題。其中包含有古、今不同文人詩家對愛情的詮釋，文類兼有詩、詞、散文各體的形式，希望有助於讀者在心有所感之後能夠創造出自我的愛情文學。

藉由欣賞《詩經》的〈關雎〉，讀者可以探討男女之間在產生情愛時彼此互相吸引的因素是什麼？是被對方的外在吸引，或是被其內涵所感動？而且隨著時代的不同，「淑女」與「君子」的內涵亦會有所改變，時下受到工商業功利思想薰染的年輕一代，對於戀人的要求與《詩經》的古老社會有何異同？再者，戀情發展時的不確定性除了讓人「輾轉反側」之外，對於戀人們外在的行為和內心的情緒會有何影響？此外，古人追求心儀的對象是以「琴瑟友之」為妙法，而今人在追求異性時又會展開一些甚麼有趣有效的招式？

曹植的〈七哀詩〉描述女子在空閨等待的苦悶之情，藉由詩文的賞析可以分享幾項重要的愛情議題：例如曾經山盟海誓要相愛相守一生的戀人，轟轟烈烈的炙熱情感為何會隨著時間而變質？在過往男尊女卑的社會規範下，弱勢的女子被棄後將如何自處？還有現代社會講究速戰速決的生活方式，戀情可以快速升溫，又驟然陡降，而在戀人已經感受到情愛的乏味時，該用怎樣的分手方式才不會傷害對方？

柳永的〈雨霖鈴〉情景交融，內容描述感情濃厚的男女雙方，在親密愛人將要別離時難分難捨的情狀，郎有情而妹有意，卻因為外在的因素必須分開，兩人之間將如何互傳情意以確保愛情的新鮮感？此外，當一方為了理想必須離去到遠地奮鬥之時，另一人要怎樣安頓自身的情感，才不會被深刻的思念所傷害？

向陽的〈或者燃起一盞燈〉，描述男子對愛情的選擇充滿不安，當有情人在願意投入愛情之前的慎重考量。愛上另一個人需要極大的勇氣，在自己的深情尚未被對方肯定承諾之前，堅持愛情的一方其內心將有何種情感的變化？而在等待時忐忑不確定的煩惱情緒中，如何才能保有溫柔敦厚的善意，不會因愛之名生起過度的瞋念而造成遺憾。作者在詩篇中為世間男女燃起的那一盞燈充滿了光明，讓人在焦慮的情緒中充滿一線希望。

陳大為寫的〈家有女巫一隻〉，描述婚後來自不同家庭生活習性的夫妻之間，在日常生活間適應協調上的各種心情變化。在許多生活的小細節上，要堅持捍衛自己的意見或是學習尊重與包容對方的生活習慣？原本自由而具有靈性的個體，如何經營降落到現實婚姻中的愛情，考驗著兩人的智慧與共伴一生的決心。

廖玉蕙的〈中古好男人〉，描述中年夫妻經歷了生活中的各種試煉之後對愛情的守護與堅持。婚姻生活的經營需要夫妻雙方的不斷成長，當過了七年之癢，青春年華逐漸老去之時，自省對方還是自己心目中的好男人（好女人）嗎？或是自己還是對方心目中的好男人（好女人）嗎？隨著年齡而增的智慧，讓戀人之間的激烈情愛轉為夫妻間敦厚樸實的情義。更難得的是作者在輕鬆的文筆中，呈現出父母長期牽手的恩愛，將成為子女晚輩的愛情典範。

以上與愛情有關的文章，由於牽涉到許多與人生相關的議題，值得讀者們在閱讀之時多加斟酌思量。不論是古典或現代作品，雖然經過時空的不停替換，文學家們對愛情的詮釋仍是真摯動人的，假若讀者在興發感動之後能夠提筆記下自我的心路歷程，相信未來這座愛情文學的花園將更為燦爛美好。

古詩詞選

關雎

《詩經》

選文

關關雎鳩，在河之洲。窈窕淑女，君子好逑。
參差荇菜，左右流之。窈窕淑女，寤寐求之。
求之不得，寤寐思服。悠哉悠哉，輾轉反側。
參差荇菜，左右采之。窈窕淑女，琴瑟友之。
參差荇菜，左右芼之。窈窕淑女，鐘鼓樂之。

題解

〈關雎〉的寫作技巧多元豐富，如聯　詞、頂真、換韻等自如的使用，「關關雎鳩」、「參差荇菜」則為聯想法的起興，詩中並運用「反覆迴增」的連章疊詠方法，造成主題的逐漸深化，這些形式的變化不但表現出詩人對愛情的歌詠，也使這首詩成為《詩經》的首章佳作。

〈關雎〉一詩所描述的愛情議題對現代人來說仍然可以探討得很有深度，例如男女在愛情發展的熱烈情緒中，是否可以展現出理性的一面，保持自己原本君子與淑女的風度。還有，在「輾轉反側」的不安定感中，戀愛的雙方是否可以找到調適的途徑，而不至於破壞了日常的作息。

愛情學分是年輕學子的必修課程，如果沒有機會能夠實際嘗試愛情滋味的話，也許能透過〈關雎〉一詩所描述的愛情關係來模擬學習如何愛自己和愛別人。

〈關雎〉出自《周南》，有學者指出其採詩的地區約在今日的河南省中南部與湖北省東北部一帶。《周南》的第一篇即是〈關雎〉，其後有〈葛覃〉、〈卷耳〉、〈螽斯〉、〈桃夭〉、〈罘苢〉、〈漢廣〉……等共十一篇。

有關〈關雎〉的詩旨內涵，《詩序》說：「〈關雎〉，后妃之德也。……樂得淑女以配君子，憂在進賢，不淫其色。」聞一多《風詩類鈔》認為：「〈關雎〉，女子采荇於河濱，君子見而悅之。」區萬里《詩經釋義》則說：「此祝賀新婚之詩。按王國維釋樂次，謂：金奏之樂，天子諸侯用鐘鼓，大夫士，鼓而已。此詩有『鐘鼓樂之』之語，蓋賀南國諸侯或其子之婚也。一章泛言淑女為君子之好逑，二章言思淑女之切，三章言得淑女之樂」。

作者

《詩經》是中國最早的詩歌總集，內容記載著先民純樸的情志，展現了周代群體生活的實際樣貌。《詩經》產生的時代約在西周初年到春秋中葉，由樂官採集而成，大部分的作者都沒有留下姓名。

《詩經》由風、雅、頌三個部份組成，風指國風，包含周南、召南、邶、鄘、衛、王、鄭、齊、魏、唐、秦、陳、檜、曹、豳等十五國共一百六十篇經過潤色之後的民謠。

雅，《詩序》以為：「雅者，正也。言王政之所由廢興也。」後世學者有人主張雅本為一種樂器，有人則以為雅是指流行在中原一帶被王朝崇尚的正統音樂。朱子認為小雅是燕饗之樂，大雅是會朝之樂，並說：「故或歡欣和說，以盡群下之情；或恭敬齊莊，以發先王之德。」

頌分為周頌、魯頌、商頌，總數三十一篇。頌是宗廟祭禮或慶典時的樂歌，例如〈清廟〉是祭祀文王，而〈執競〉則是祭祀武王。

七哀詩

《陳思王集》

選文

明月照高樓，流光正徘徊。
上有愁思婦，悲歎有餘哀。
借問歎者誰？言是宕子妻。
君行逾十年，孤妾常獨棲。
君若清路塵，妾若濁水泥。
浮沉各異勢，會合何時諧？
願爲西南風，長逝入君懷。
君懷良不開，賤妾當何依？

題解

〈七哀詩〉是以代言體描寫棄婦的哀怨之情，曹植將自己化身為女子，傳達出婦人被棄時細膩的孤寂心聲。

曹植寫作本詩時運用了許多藝術技巧，首先他以寫景抒情起筆，由「明月」、「高樓」、「思婦」、「悲歎」等描述，清楚點出了時間、空間、人物和心境。「借問嘆者誰」一句，是以第三人稱敘述，藉由提問以引發讀者的好奇之心。「君行踰十年」一句，轉為第一人稱敘述，鋪陳棄婦在夫君離開十年之後的心聲。詩中並運用譬喻、對比的手法顯現男女主角在情愛態度上的不平等關係。

曹植寫作〈七哀詩〉，不只是為社會上的不幸棄婦傾訴悲苦而已，他還想藉由棄婦的象徵來表述自己，例如詩中所述孤妾獨棲的故事，就好像自己不受寵信的命運；棄婦願化身成風吹入君懷，就好像自己期待君王的寬容接納；君懷不開而棄婦無依，就好像自己的「願得展功勤，輸力於明君」的願望落空不能達成。

曹植以含蓄婉轉的筆法來隱喻心志，「明月」點出了詩人的內心如月輪般光明皎潔，獨棲「高樓」則表達了詩人的堅貞情愛不會因被棄而隨波逐流。詩中沒有不平的控訴和憤恨的激情，只有對「君」深摯的思念和卑微的意願，期望能改變君王對他的態度，可惜事與願違，徒留千古悲歎。

作者

曹植，字子建，為曹操的第三子，曹丕、曹彰之弟，聰穎多才，曾作〈銅雀臺賦〉受到曹操對其才華的肯定，可惜他因「任性而為」而失去了曹操的寵信。曹丕繼任為王後，曹植就失去了自由且懷才不遇，四十一歲即抑鬱而終。曹植留下百餘篇作品，大部分是五言詩，後人編為《陳思王集》。

曹植早年充滿慷慨大志，就像他在〈與楊德祖書〉所說的要「戮力上國，流惠下民，建永世之業」，可見他希望在政治上能有一番作為。他在《薤露行》一詩中也提到：「願得展功勤，輸力於明君。懷此王佐才，慷慨獨不群」，他自許擁有輔佐賢明君王的卓越才智，期待開展永世的功業。

但是到了晚期，因為君王猜忌，詩作多顯悲調，例如他的〈七步詩〉表現出感嘆「相煎何太急」的痛苦，而〈贈白馬王彪詩〉也寫到他「親愛在離居」的鬱悶心情。

雨霖鈴

《樂章集》

選文

寒蟬淒切，對長亭晚，驟雨初歇。都門帳飲無緒，留戀處，蘭舟催發。執手相看淚眼，竟無語凝噎。念去去，千里煙波，暮靄沉沉楚天闊。

多情自古傷離別，更那堪冷落清秋節！今宵酒醒何處？楊柳岸，曉風殘月。此去經年，應是良辰好景虛設。便縱有千種風情，更與何人說？

題解

〈雨霖鈴〉的詞旨描述男女在秋日送別時依依不捨的愁緒。本詞分為上下二片，「寒蟬淒切」到「暮靄沉沉楚天闊」為上片，從「多情自古傷離別」到「更與何人說」為下片。

柳永在上片中一開始就用精簡的筆法寫出了離別的實景，包括季節、時間、地點、事件、心情等要點，其中的「執手相看淚眼，竟無語凝噎」仿佛是一個特寫鏡頭，讓讀者猶如親身感受到詞人當時所承受的痛苦離情。到了下片，柳永用想像的虛寫筆法，表達離別之後沒有情人相伴的空虛歲月，「更與何人說」的反問讓人替他感到難過無奈。

詞中運用了提問的修辭法，「更與何人說」不但是作者的自問，同時也詰問後世的讀者，對柳永困頓的生命而言，羈旅生涯中究竟誰是知音？癡心的作者推想著自古以來不乏為離情所苦的多情人，但是如他一般在冷清的秋日早晨，酒醒之時卻不知身在何處的困惑，卻讓讀者更加感到柳永身世的悲哀。

此外在憂悲離別的激烈情緒中，柳永還道出了「千里煙波」和「曉風殘月」，藉著自然的景物將主角人物的內心轉化向外，使旨意看似淡定反而更添加了凝重的氛圍。〈雨霖鈴〉的內容與形式並美，所以唐圭璋稱讚說：「此首寫別情，盡情展衍，備足無餘，渾厚綿密，兼而有之」。

作者

柳永，福建崇安人，原名三變，字耆卿，因為排行第七，又稱為柳七。他出生於官宦世家，可惜屢試不第，一生潦倒，更因流連於煙花巷陌，至晚年時貧病交迫，死於羈旅之中。

柳永的詞集名稱為《樂章集》，收錄了二百一十二首詞作。柳永精於音律，多自創詞調，他的詞富有音樂性，易於在歌女與樂工間流傳，但因不避俚俗而常被文人批評，如李清照在〈詞論〉中即說他：「變舊聲作新聲……雖諧音律，而詞語塵下」。

柳永在詞中常會抒寫對於青樓歌妓的情思與懷念，而除了「豔情男女之謳歌」之外，柳永還擅長書寫「宦情旅愁之吟詠」，這類詞常表現出他的失志悲慨，被葉嘉瑩認為：「寫出了一種關河遼闊，羈旅落拓的『秋士易感』的哀傷」。

或者燃起一盞燈

向陽

選文

或者妳來，我便燃起一盞燈
熠熠爲妳守護，在風淒雨苦的夜裡
若妳不來，則讓我是
翩飄的葉落向妳佇立深思的小階前
仰視妳的凝眸俟候妳的足跡，或者妳來

燃起一盞燈，自我寂寞的窗櫺升起
那時雨聲如漣風聲似紋妳的髮飛揚成
舟舫的旗，我便是潺潺的河，自兩舷
壯闊而溫柔地也將妳流成淙淙的水歌

悠遊，要不就採妳青睞，燃起一盞燈
寂寞的窗櫺升起，該是妳的跫音
每次妳來，總是以風雨爲前奏的和聲
日月星辰，念妳如念黃昏後寂寂的空山
啼鳥漸鳴漸遠漸稀落，覺醒時，落紅
焚爲滿徑的陽光，寂寞的窗櫺升起

妳的跫音，呵若曾是踩過幽靜的松子
則我將檢拾著走入空山，取
爲守護的燈。或者妳已來到
伴風也伴雨，則我便在小窗下靜靜
不眠地傾聽：水歌一般，妳的跫音

一九七五・十・二十八　山仔后

題解

〈或者燃起一盞燈〉，選自向陽的情詩集《心事》，本書一九八七年出版，收錄了十八首詩作，分成「卷之交」與「卷之會」兩輯。「卷之交」所收的是向陽在大學時代所寫的情詩，而「卷之會」則收錄向陽在服役與退伍階段所寫的情詩。本詩收在「卷之交」中，是一首描述情人相約而其中一方的內心既充滿美好期待又忐忑不寧的詩。

〈或者燃起一盞燈〉一開始揭示了情人相約的二種狀況——「或者妳來」，或者「若妳不來」，可見詩人此時並不能肯定情人的抉擇為何？不過多情的詩人在心中自有主張，「妳來」，我就點燈守護二人的小天地，抵禦暗夜中的風雨；「妳不來」，我也會在期待與想像中「仰視」、「俟候」著妳。就是不管情人來或不來，他都要堅持一份深愛的情意，從「仰視」可以讀出詩人將自我的姿態放低，而對所愛的「妳」尊崇的心情。

詩中回憶兩人的每次相約，總有風聲、雨聲相和，暗示了情愛此時還不確定，詩人在「風淒雨苦的夜裡」，內在有著忐忑難安的複雜心境，但是因為情愛的深摯，總讓他甘願在寂寞中失眠相候，並且「在小窗下靜靜不眠地傾聽」。

等待到了黃昏讓詩人心中不免愁苦，而「燃起一盞燈」則代表著詩人對愛情所抱持的希望，他仍然期待能獲得情人的「青睞」，他也願意溫柔地守護著她，永永遠遠。

〈或者燃起一盞燈〉寫出了作者對於所愛之人的癡心，而用愛意燃起的燈光也照亮了不只是他的，也是兩人的愛情之路。

作者

向陽的本名為林淇瀁，一九五五年出生於南投鹿谷鄉的廣興村，有一段美好的「茶香童年」，他十三歲時就寫下了第一首詩作〈愁悶，給誰〉，開始編織詩人之夢。十六歲時則在《臺灣日報》的副刊發表第一篇散文〈小喇叭手的獨白〉。就讀中國文化學院時曾擔任「華岡詩社」社長，也曾與沙穗等人創立《陽光小集》，後來獲得政治大學新聞系博士學位。他曾擔任《自立晚報》副社長兼總主筆，現為臺北教育大學臺灣文化研究所教授。

向陽的詩作頗多，有《種籽》、《十行集》、《歲月》、《土地的歌》、《在寬闊的土地上》等詩集，他曾榮獲過吳濁流新詩獎、國家文藝獎、美國愛荷華大學榮譽作家、臺灣文學獎新詩金典獎、教育部「推展本土語言傑出貢獻獎」等獎項，受到詩壇的肯定。除了詩作之外，他也勤於筆耕，有散文集、兒童文學集、文化評論、翻譯等多種出版品。

家有女巫一隻

陳大為

選文

很久很久以前，大概在己巳年夏天，我在台灣師範大學的地下餐廳，邂逅這隻後來進化成女巫的猴子。

打從我應邀寫這篇小文章開始，她即認定我會趁機詆譭她，可我眞的沒有，反而十分謹愼地在她跟猴子之間，劃上充滿說服力的等號。女子＝猴子，指的當然不是長相，而是無果不摧的德性。

那絕對是鐵般的事實，當年師大夜市所有水果攤的老闆都一致認爲，我根本就是跟一隻超饞的猴子在談戀愛，如影隨形的水果目擊了許多不可告人的內幕，全被她滅了口。這隻秀色可餐的猴子討厭吃飯，連吃一口肉都會胃痛，可是她超愛吃水果，簡直不能一日無菓。每天傍晚，我大老遠從台大男一舍騎二十分鐘腳踏車到師大女一舍找她。她住五樓，我可沒有那麼大的喉嚨把她喊下來，又不想每天去會客室簽到，於是她從五樓窗口垂下一根繫有鈴鐺的細麻繩，只要我用力一扯，她便從五樓高的「樹上」一溜煙爬下來，開始咱們香甜多汁的約會。

約會的起點永遠是水果攤，先買三五個芭樂七八顆橘子，邊走邊吃邊聊。相當於兩個拳頭大小的芭樂，在一百步以內屍骨無存；橘子只需四十步，外加剝皮十五步。果皮、果汁和果核分別扮演逗號、分號和句號，在咱們的對話裏依序出沒。可別小看水果，歷史證明它比戀愛專用的甜言蜜語更永恆。咱們通常逛到台大對面的公館夜市再逛回來，有時甚至逛到男一舍，跟學長學弟們哈拉一番再走回師大。來回一個半小時的路程，區區兩袋永果根本不夠吃。回到師大夜市得再買兩袋，坐在女生宿舍對面人行道的雙人椅，吃第二輪。一向懶得吃水果的我，自然被迫分享其中一小部分。這隻猴子的最高紀錄是一口氣吃下八顆柳丁，連嗝都不打半個，而且全用手剝，技巧高明到讓人產生柳丁自己脫皮獻身的錯覺。

如果將來她不幸變成偉人，那張椅子便有幸立上一面「偉人在此殲滅無數水果」的紀念碑。

在我這個不常吃水果的男子眼中，她豈能不等同於猴子？尤其她到我怡保老家小住的那段日子，終日閒閒，居然吃瘦了一大個冰箱！我媽添購水果的速度常常追不上她消耗的進度，整間客房像花果山一樣洋溢著果香。後來咱們到二舅舅家小住，甫進門，我便對偌大的冰箱發出無限的感嘆：再多的水果也難逃一劫啊。結果這隻不食人間煙火的小猴子，被我家親戚評比爲「再世美猴王」，還說這女子好養。

西元一九九四年七月六日，換算成複雜的農曆即是甲戌年庚午月癸巳日，沒有雲的大熱天，在離赤道不遠的怡保，我順應天命迎娶了這隻號稱價廉物美的再世美猴王，往返南北，宴客三回，正式掀開猴王演化史的下一頁。

小倆口子在北回歸線二十五點幾度的台北新店山區，租了一間甜蜜的公寓，倚山臨水，盡得天地之靈氣。情節發展到這裏，我不禁想到所有童話結束的共同畫面：王子和公主從此過著幸福和樂的生活。

咱們幸福快樂的童話，正從平衡日常的菜單開始。我開始練習吃水果，她練習吃飯和吃肉，從小口飯到大碗飯，從雞腿的精選版到完整版，她漸漸脫離嗜菓如命的猴性，進化到我的雜食層次，甚至還超越些許。最詭異的是：她跟那些以挨餓來維護身材的美女不同，吃飯一定要有油，光吃生菜沙拉，兩個小時後就會發抖，說肚子沒油不行，而且常常懷念小時候的豬油拌飯；奇香無比的童年記憶，使她輕易敗在油脂豐美的滷豬腳下，難以自拔。吃吧吃吧，反正這隻猴子怎麼吃都不會胖。

咱們家裏總是貯存一堆食物，好讓她可以隨時偷吃。要是書房找不到她的蹤影，那一定鬼鬼祟祟蹲在廚房裏偷吃。幾次行跡敗露，一轉臉即亮出「要不要分贓」的賊表情。要是我一整天不在家，她必定偷偷吃上十幾種小東西，有一次居然喝下幾種不同口味的花茶、綠茶、涼茶和優酪乳。結婚九年以來，她的食量早已勝我兩籌，每次買兩個便當，我吃三分之二，她吃掉其餘的部分。這猴子越吃越瘦，常說鎖骨與肋骨要破皮而出，快要變成白骨精了！當然純屬錯覺，該瘦的地方都瘦了，剩下的線條比以前更加可口。

話說咱們原先居住的新店老家，房子只有二十來坪，卻足以誘發她女巫的天賦。這種禍福難辨的天賦在她腦子裏，像地瓜一樣偷偷成長。毫不起眼，卻越來越有分量。

房子不大，可她成天東掃掃西擦擦，潔癖女子加上如影隨形的肥貓和掃把，已經是半隻女巫了。很多人認定她不會煮菜，其實不然。她擅長自創菜單，用想像力把不該湊在一起的原料合而爲一，戲稱爲超級濃縮版的滿漢全席。她特愛煮湯，在冬天一個衣服寬厚的小女子，大清早就埋頭在食材當中，切切刨刨，加點養生的中藥，和一臉得意的奸表情，就是一鍋令人垂涎的藥膳高湯，還說什麼養於內勝過養於外。一手叉腰，一手攪拌，把屋子裏的氣流和夢囈攪在一塊，十足女巫的模樣。

憑良心一句，她的湯實在讚，我常常聽到自己的味蕾、胃臟、小腸和大腸在死命鼓掌。從光吃水果到大口吃肉，再長進到鑽研藥膳高湯，足以證實她已從猴子演化成女巫的階段。

這年頭女巫可不能只懂得煮湯，得有實用的生產價值。於是她把調製東西的念頭動到保養品上來。價廉物美的生活哲學，在這個環節上得到空前的成功。她一向只用中、低價位的保養品，爲了滋潤那一身寶貝皮膚，她用純植精油自行調製潤膚乳液，然後很得意地來考我，猜猜裏面有什麼？此刻浮現在腦海裏的，是一座女巫煉藥的祕室，擺滿高深莫測的瓶瓶罐罐。

很久很久以前的女巫大多捧著一張皺紋密布的老臉，但咱們家的女巫卻天生異質且駐顏有術，念大三時被誤認是國中生，在大學教書之後，更是多次讓外人搞不清楚誰是老師誰是同學。天生一張不老的臉蛋，讓她省下不少妝扮的功夫。儘管她經常以無妝勝有妝，但仍然被誤以爲化了濃妝，想必是輪廓太深之故，所以多次被問到是否有混血的成分。有一次女詩人顏艾琳居然稱讚起她的眼影，問她用的是什麼品牌，經過一番不可置信的檢驗，才確認那是天生的色澤，連所謂的「口紅」也一樣是本來面目，頂多抹上好玩的唇蜜。女巫得意的表示，連眉毛和眼睫毛都是「天然」的。有人懷疑：是她小時候受到印度人鄰居的「同化」；不過我想，該是巫術使然。

去年咱們搬到中壢的大房子，原以爲上下四樓會把她累死，沒想到她居然能夠保持每天拖地板的習慣，一副很輕鬆的模樣，彷彿女巫坐上自娛娛人的拖把，率領一隻大肥貓，逐層掃蕩被微塵入侵的領地，再細細整頓分布在二、三、四樓的空中花園。換了房子當然也得換一部大冰箱，夠她貯存十幾種藥膳食材和生機飲食的五穀雜糧。眼看她把女巫的規模越搞越大，我不得不奮力阻擋。大肥貓仙去之後，她看上一隻白腳白嘴的小黑貓，很逗趣，想養，但我不准，因爲她只負責玩貓，我卻得負清理大小便。連楓葉鼠的木屑也是我換，她只負責餵食和命名，取了很怪的一串：小逗子、苦命鬼、小溜煙……。最後一隻叫豬頭煙的楓葉鼠作古之後，厚葬在園子裏的櫻花樹下，還念了一串咒語好讓牠飛昇成仙。接著她想養狗，拉布拉多那種馴良大狗，我抵死不准！狗大糞多，受難的終究是我。

她清醒的時候當女巫，不清醒則當蝙蝠。

想當年她總說自己清晨六點便爬起來，先跑幾圈、再洗冷水、張羅早餐，一整天都精神抖擻。我只信一半，因爲她在夏天才有此能耐，到了冬天就不行了。

她說自己天人合一，身體作息自然隨著四季氣候而變化，所以才會冬眠不醒。最嚴重的一次，睡到十二點還不起床，我硬把窗簾拉開，她便鬼叫，說我想曬死她，一副見光死的模樣。仔細想想，她在夏天也同樣怕光，即使在室內，能不開燈就不開，說省電，明明很暗卻說刺眼。

可她「小蝙蝠」的美名並非怕光之故，是那張嘴幹的好事。

事情發生在己卯年丙子月辛亥日，再七天即跨入千禧年。當天早上醒來，赫然發現我右臂接近肩膀的地方，有一個樣式古怪的印子——兩個偎得很近，像吸血鬼留下的小瘀青。前晚她太無聊，從隔壁書房過來，往我身上找樂子，摸摸手臂，直誇好肉好肉！竟然色心大起，戳下這顆怪草莓。原以爲幾天便消散，可是過了兩個月還健在如初，我便譴責她；這隻小蝙蝠聽了不僅沒有絲毫羞愧，居然擒住我右臂，專心一吸，又留下一個。我沒有統計過她前前後後一共種下多少個居心叵測的草莓，但只有那一個是蝙蝠狀的，其他的兩天就消了；至於那個不可思異的「小蝙蝠Love bite」，歷時兩年才淡去。幸虧她的魔法只靈了那麼一次，不然我早晚淪成爲迪斯奈卡通的第一〇二忠狗。

夏天怕熱冬天怕冷的小蝙蝠女巫很少出遠門，各種活動能推就推，平均每個月才離開中壢一次，多半去台北演講、評審、發表論文，或專程去吃一頓好料；久而久之，便成爲台北文壇的幽靈人口。幽靈般的女巫雖然沒有通靈的妖術，但陳門堂上的列祖列宗她確確實實「見過」一些……從她的口供裏分析，那是我升天多年的祖母率團來察訪未及謀面的長孫媳婦，一時間臥房裏擠滿了三姑六婆，指指點點。這件事，她的膽萎縮成葡萄大小，熟透，稍稍用力便捏出僅有的幾滴膽汁。要是被她吃掉的水果全都變鬼回來復仇，我想，這隻女巫的「葡萄膽」沒兩下便乾了。

很久很久以後，預計下一個己巳年夏天，咱們即將重返同樣年邁的，師大女生宿舍對面人行道的雙人椅，細細咀嚼那段美好時光，重讀這篇陳年的文章。

題解

〈家有女巫一隻〉在文章一開始時就敘述到作家與妻子的初次邂逅，並順著時序寫到二人的約會、結婚、婚後不同時段的親密關係。輕鬆的筆調不但呈顯出妻子的靈活性格，也展現出作家經營和諧婚姻的生活智慧。

陳大為運用誇飾法形容妻子的特點時，常讓讀者不禁會心一笑，例如他描述妻子的愛吃：「要是書房找不到她的蹤影，那一定鬼鬼祟祟蹲在廚房裡偷吃」，另外他描述妻子煮湯的美妙手藝：「我常常聽到自己的味蕾、胃臟、小腸和大腸在死命鼓掌」，也讓人感受到一對小夫妻的包容與欣賞。

陳大為透過「女巫」的意象，使夫妻之間原本平凡的一般生活充滿了神秘性，而且他封妻子為「女巫」，讓讀者在閱讀時即使看到他把妻子的行為舉止描述得再怪異，也都能以愉悅的心情分享他們之間的幸福愛情。

作者

陳大為，一九六九年出生於馬來西亞的怡保市，祖籍為廣西桂林人，畢業於臺灣大學中文系、東吳大學中文所，之後獲得臺灣師範大學博士學位，現任國立臺北大學中文系教授。

陳大為曾獲聯合報新詩及散文首獎、中國時報新詩及散文評審獎、星洲日報新詩及散文推薦獎、教育部新詩首獎等重要大獎，詩集有《治洪前書》、《再鴻門》、《盡是魅影的城國》、《靠近羅摩衍那》等。

除了寫詩之外，他的散文作品有《流動的身世》、《句號後面》、《火鳳燎原的午後》、《木部十二劃》等。論述作品則有《存在的斷層掃瞄：羅門都市詩論》、《思考的圓周率：馬華文學的板塊與空間書寫》、《風格的煉成：亞洲華文文學論集》等。他還與作家妻子鍾怡雯合著《靈鷲山外山：心道法師傳》，也出版了《四個有貓的轉角》和《野故事》等圖文書。

中古好男人

廖玉蕙

選文

前日，出門應酬。因爲估量時間尚有餘裕，且當日著一新購氣墊皮鞋，據店家說，可以輕鬆步行甚遠，也不疲累。

冬陽微微，正是最好的散步天。於是，我建議漫步前往，外子欣然附議。我們沿著中正紀念堂白色圍牆旁的步道行走，一邊毫無心理負擔地聊天。外子兩手空空，我則挽著一只手提包，醒眼的豔紅色。

一時興起，我將紅皮包遞給外子，想趁勢邊走邊甩甩一直麻著的手。沒料到走在靠圍牆的外子竟然在猝不及防接過皮包的剎那，急急轉身面壁，樣子似乎想找個地方藏匿皮包。動作之迅疾，可知他內心之惶惑及表像之尷尬。

那種反射性動作看來好不滑稽，一只紅皮包竟讓他感受如此窘迫！

「一個男人拿著紅皮包走路！像樣嗎？就像一位國軍軍官扛著一袋米走在

路上一樣的突兀啊！」他辯解著。

是啊！我記起從前在軍校教書時，就聽說穿著制服的中華民國軍官被規定不能打傘、不能抱小孩、不能騎摩托車、不能跟女生牽手走路，因爲那樣看起來有損軍威。當時我聽說了，還跟學生開玩笑說：

最好也規定不能上廁所。如今，好幾十年過去了，外子卸下軍職也已然多年，老習慣附身，不易更改，連一只紅皮包都讓他感到非常不自在。

回家後，跟女兒提起，女兒譏笑爸爸跟不上時代，說：「昨天，我跟同學一起南下吃喜酒，我同學的皮包都嘛是她男朋友一路提到底的，有什麼好害羞的！人家新好男人都是這樣的。」

他爸爸淡然回說：「我是老派人，不是新好男人。」然後，默默走開。

我的丈夫的確不是「新」好男人，充其量只能說是「中古」的。

比一比：男人和女人的心胸

今早，出師不利。

一大早到台中豐原的國家教育研究院演講，車子開進院門，有位小姐指揮著，告訴我：「停到那邊鋪著磚塊的地方。」我眼尖的發現前方灰色磚塊區有一空位，本能地認定是給演講者預留的停車位，便不假思索停了進去。位置非常狹小，一不小心，「咚！」一聲撞上了右邊的紅車保險桿。指揮的小姐氣急敗壞，跑過來斥責：「不是跟你說了，停那邊的磚塊地嗎？」她指著遠方的另一個停車場，這次，手勢十分精準。我擠出車外，囁嚅著：「我以為你說的是這個磚塊區。」地上分明也是磚塊鋪成的，只是一灰、一紅。顯然先前她的手勢不夠分明，而我的判斷太過一廂情願——以為演講者會被優待，依照往常慣例。

只好乖乖把車倒出，循指示前往。停了車，回到原點，我告訴那位指揮的女士，請把車號記下，等會兒尋得車主後，我會麻煩她修理過後，寄下帳單，我將如數賠償。她還要說些什麼，我趕緊道歉並告訴她我是來演講的，這時，我明顯感覺她有些不好意思了，想必是為了剛才的氣急敗壞，語氣變得溫柔，「果然演講者是有些優待的。」我心想。

其後，我在演講場合自招罪行，自尋車主，自行溝通。車主是位穿粉紅洋裝的女老師，人很客氣。下樓查看後，說只是輕傷，不用賠償，強調看起來凹進去的傷口是舊傷，「請老師不用擔心。」我懷疑她的說辭是為了寬慰糊塗的演講者，覺得自己無端被寵膩著，很不好意思。可是她堅持，所以，我決定接受寵愛，請她留下地址，等回台北後寄贈簽名題字書。正所謂：「秀才人情紙一『疊』」啊！

中午回到台中老家後，依照慣例，招了兄姊嫂子回家，陪不良於行、終日鵠候我回去幫他安排牌局的二哥打麻將。因爲不習慣早起，昨晚有些緊張，因而失眠，午後的麻將打得有些疲困。等眾人飯後返家，我決定上樓用大型沐浴桶好好泡個熱水澡。臨上樓，交代外子：「隔一段時間就喊我一聲，免得我昏倒浴桶內。」外子唯唯諾諾，不大理睬似的。我泡著、泡著，計上心頭。終於在一段時間後，外子往樓上高喊：「嗨！你還活著吧？」我故意不搭腔，沉默著。喊到第三聲，沒反應，他不敢大意，上樓。

我憋氣，故意仰著脖子閉著眼靠到桶邊。心裡矛盾重重：一方面想爲疲憊生活尋點樂子（潛藏的惡質人性），一方面也想惡作劇一番以報外子先前不理睬之仇（顯性的小家子氣），又怕外子眞被嚇死（良善的體貼美德），三者交雜，好生掙扎。

他踏進浴室，看我一副昏厥的垂死模樣，居然鎮定地說：「別裝了！」我死而復生，問他怎知！他說：「這種老梗用一次就夠了！」我才想起兒女上國中時的一次愚人節，爲了沒能在學校成功愚弄老師，我竟慫恿他們兄妹合作演出，將屋子弄亂，我就趴在進門的玄關，朝電梯一邊的臉上灑上蕃茄醬，並將蕃茄醬沿路噴灑至電梯内，還踩上腳印。兒子女兒一臥臥室、一臥廚房，做出被搶劫殺人狀。外子甫出電梯，一見，丟下公事包，高喊：「哪也安捏！」聲音之淒厲，嚇得我們魂飛魄散。那夜，外子臉色一逕鐵青。

十幾年來，我早忘了此事，沒料到外子竟記仇至此！

綜合以上二事，得出結論：男人心胸好像比女人不寬厚。

沉默的省話一哥

難道婚姻讓男人沉默？

黃昏，漫步到中正紀念堂外愛國東路上的「二姊的店」吃晚餐。此餐廳自從開張至今二十餘年，剛開始，我們常常攜帶當時還只是小學生的孩子去「交關」。簡單的套餐，價位合理。

今天我們點了簡餐：以前常點的主菜豬腳，兩道簡單的配菜瓠瓜和小白菜，外加一小碟提味蘿蔔小菜及冬瓜湯，計一百八十元。外子則點了炒麵，同樣附湯，一百五十元。因爲午後已然喝了兩杯咖啡，所以就不點套餐了。

豬腳的熟悉好味道提醒了我許多陳年往事，兩個小蘿蔔頭常常喜歡在店内逡巡，因爲牆邊總會擺設一些可愛的小玩偶。而我可能已有十五年左右不再光顧，沒有任何理由，純粹只是遺忘。台北好吃的東西太多，不時就有人提點特色新餐廳；迎新歡的結果，就是棄舊愛，而且，壓跟兒從未感知自己的無情。如果不是前日散步經過，換了二姊女兒傳承經營的「二姊的店」，早就被拋諸腦後。

很多的記憶忽然無預警的被召回，因爲一頓晚餐。外子想必也受到舊記憶的影響，忽然變得風趣起來。講了他剛看完的阿拉伯短篇小說給我聽，像是變了個人似的唱作俱佳起來。一時之間，我竟想不起我們剛結婚時他是就是如此口若懸河？

難道婚姻讓男人沉默？

省話一哥

手機響了，太太忙著打電腦，先生四處找，終於找到後，手機斷線。看看來電顯示，先生說：「兒子。」

太太回撥，跟兒子說了半天話，掛斷，先生一語不發。

太太問：「你爲什麼不問我：兒子打電話來幹什麼？」

先生：「幹什麼？」

太太：「不告訴你。」

……

靜默五分鐘。

太太：「你一點都不好奇？」

先生：「好奇什麼？有正事，你還會等我問！」

太太氣了：「兒子要結婚，算不算正事？」

先生：「算。」

……

又五分鐘過去。

太太又叫：「把拔！」

先生：「嗯！」

……

又五分鐘過去。

太太提示：「你還是不往下問我後續？」

先生：「請說！」

……

結論：女人的囉嗦，全然是男人害的。

爲什麼你不問我爲什麼？

「你爲什麼不問我爲什麼脖子上圍了一條棉質小毛巾？」我走到外子面前問他。

「哦！我並沒有看到你圍了小毛巾。」外子從報紙上抬起頭回答。

「那你現在應該看到了，爲什麼你還不問？」我提出第二個問題。

「既然這樣，那你就說吧！」

「你要問了，我才說呀！你不問，我幹嘛說。……就請你問我吧。」我請求他。

「你不說就算了！」他又把頭埋進報紙堆裡。

「你怎麼一點好奇心都沒有？夫妻一場，就請問問我吧！」我沒死心。

「好吧！敢問你爲什麼要在脖子上圍一條小毛巾？」外子無可奈何，只好就範。

「因爲衣服上方老有一個奇怪的標籤，粗粗的，搓得我脖子過敏發癢。圍一條棉質小巾可以杜絕過敏。這樣，你明白了吧？」

我滿意的離開；外子得以專心看報。就這樣，夫妻關係繼續安然維持下去。

題解

〈中古好男人〉，選自《為什麼你不問我為什麼》，這本書是由廖玉蕙在臉書上所發表的文章集結而成，共分為我的中古好男人、我的親情三溫暖、我的老症頭等三輯。書中收錄了她先生蔡全茂的畫作，還有一些家人的生活照及攝影作品，可謂圖文並茂。

本文以妻子的角度敘寫夫妻之間的親密關係，表面上作者用「中古」來開先生的玩笑，而實際上卻是讚嘆先生的「好男人」特質透過時間的凝鍊歷久彌新。

廖玉蕙在〈中古好男人〉寫到與先生的一段生活經歷，透過一只艷紅色的手提包襯托出先生的軍人性格。雖然她在文中以「新」來對比「中古」，但字裡行間仍然可以看出她對先生「好男人」的肯定。

廖玉蕙用白描筆法敘述整個事件的始末，讓人有如親歷現場一般，和作者共同感受到她先生當時的尷尬與窘迫。此外，經由簡短的人物對話，作者也生動地表現出她和先生、女兒一家人的相處樣貌。

廖玉蕙自述《為什麼你不問我為什麼》所收錄的的文章：「純粹記錄生活並抒發個人情感而已」。的確，閱讀本書可以讓人感受到作家的生活態度，還有她跟家人、親戚、友人、學生、網友之間的互動關係。

作者

廖玉蕙，一九五〇年出生於台中縣潭子鄉，畢業於臺中女中、東吳大學中文系，獲東吳大學文學博士。擔任過「幼獅文藝」月刊編輯、中正理工學院副教授、世新大學教授，並曾任國立臺北教育大學語文與創作學系和臺灣文化研究所教授。她的作品獲得過中山文藝獎、吳魯芹散文獎、「文協」文藝獎章及中興文藝獎章。

廖玉蕙的散文創作有《閒情》、《如果記憶像風》、《五十歲的公主》、《大食人間煙火》、《為什麼你不問我為什麼》等多部作品。小說集有《賭他一生》、《淡藍氣泡》。論著有《文字編織：讓寫作變容易的六章策略》、《文學盛筵：談閱讀，教寫作》、《寫給語文老師的書：如何教出精彩的語文課》等。

二、文學中的親情

編選序

方群

親情是離我們最近也最遙遠的情感，自古迄今似乎從未改變。也許是與生俱來的擁有，也許是理所當然的承受，這段最漫長且密切的情感，不論是在傳統詩文裡，或是在現代文學中，均以各種多樣的形式與內容多采紛呈。

在古詩詞中，《詩經》〈蓼莪〉是子女感念父母養育之恩，歌頌父母之愛的名篇。孟郊〈慈母吟〉則借慈母縫衣的舉止歌頌母愛，千年以來始終膾炙人口。白居易〈自河南經亂，關內阻饑，兄弟離散，各在一處。因望月有感，聊書所懷，寄上浮梁大兄，於潛七兄、烏江十五兄，兼示符離及下邽弟妹〉描寫戰亂饑饉中，兄弟姊妹四處離散的悲慘景狀與相思之情。辛棄疾〈村居〉描繪老來農村家居生活中，一家和樂融融的閒適寫照。

在古詩文裡，司馬遷〈伯夷列傳〉頌揚伯夷和叔齊兩兄弟清風潔行的崇高品格，也寄寓作者對自身遭遇的感慨。劉向〈斷績教子〉講述孟母以身為教的堅持，亦闡述為學為人之道。劉義慶〈七步成詩〉展現曹植的才情，但更諷刺兄長曹丕絕情的咄咄相逼。諸葛亮〈誡子文〉以家書立言，寥寥數語已將父親對兒子的教悔與期望融會其中，慈愛之情溢於言表。

至於在現代詩文的部份，蘇紹連〈七尺布〉以散文詩的體式，暗喻作者成長的歷程，以及母親無暇無悔的真心付出。渡也〈土壤改良與文學研究——寫給父親〉採取對比手法，表現父子間的隔閡與各自的付出與努力，終以無言的默契相互諒解。楊牧〈悲歌為林義雄作〉取材自林義雄滅門血案，經由親情的難離不捨，轉化成對廣大土地與眾多人民的關切祝福，通篇情義真摯感人，亦可與臺灣民主的進程相互參照。宇文正〈水兵領洋裝〉從穿著水兵領洋裝的記憶，溯源自己成長歷程的種種過往，投現作者對婚姻選擇，以及母親所帶來的啟示與影響。

親情的確是最深刻也最難臨摹的情感，不論是長輩對子孫的關愛，或是子孫對長輩的思念，以及兄弟手足之間的情誼，這些都是在文學書寫的遼闊領域中，所最不可或缺，也最關係緊密的一環。

古詩詞選

蓼莪

《詩經》

選文

蓼蓼者莪，匪莪伊蒿。哀哀父母，生我劬勞。

蓼蓼者莪，匪莪伊蔚。哀哀父母，生我勞瘁。

瓶之罄矣，維罍之恥。鮮民之生，不如死之久矣！無父何怙？無母何恃？出則銜恤，入則靡至。

父兮生我，母兮鞠我。拊我畜我，長我育我，顧我復我，出入腹我。欲報之德。昊天罔極！

南山烈烈，飄風發發。民莫不穀，我獨何害？南山律律，飄風弗弗。民莫不穀，我獨不卒！

題解

本詩選自小雅的小旻之什，「雅」是周朝的宮廷樂歌，歌詞內容多為祭祀、宴饗、歌頌、勸勉等作品。小雅的產生地是在西周首都鎬京（西安）和東周首都洛邑（洛陽）等地，因而也表達了當時人民的思想感情。

此詩為子女感念父母養育之恩，歌頌父母之愛的詩篇，全詩共分六章，使用類疊與譬喻等修辭手法，通篇節奏和諧，凸顯真摯濃烈的情感，留下無盡餘韻。

作者

《詩經》為我國最早的詩歌總集。初單稱為「詩」，或取其大約篇數稱為「詩三百」，迄戰國晚期，始被尊稱為「經」。內容分為風、雅、頌，風為十五國風，多為來自民間的歌謠，二雅為朝廷的宴歌樂章，三頌以祭祀神祇、祖先的樂歌為主。收錄時間為西周初年至春秋中期，作者多不可考。現存詩經為戰國時期毛亨和漢代毛萇所傳，因此又稱毛詩，另有齊、魯、韓三家詩，今亡佚不傳。

慈母吟

孟郊

選文

慈母手中線，遊子身上衣。
臨行密密縫，意恐遲遲歸。
誰言寸草心，報得三春暉。

題解

本詩親切而真誠地歌頌母愛的偉大，因而引起無數讀者的共鳴，千百年來一直膾炙人口。詩作描寫母子分離時刻，慈母縫衣的普通場景，表現詩人深沉的內心情感。母愛的深篤，在日常生活中最細微的地方流露出來，因其樸素自然，卻也深刻動人。

作者

孟郊（七五一至八一四），字東野，湖州武康（浙江武康）人。四十六歲中進士，然一生窮愁潦倒，被稱為「寒酸孟夫子」，六十四歲於任官途中暴卒。

孟郊存詩不多，多為傾訴窮愁孤苦的作品。他的詩風樸實而深摯，善以白描手法抒情寫景，著有《孟東野集》。

自河南經亂，關內阻饑，兄弟離散，各在一處。因望月有感，聊書所懷，寄上浮梁大兄，於潛七兄、烏江十五兄，兼示符離及下邽弟妹（望月有感）

白居易

選文

時難年荒世業空，弟兄羈旅各西東。
田園寥落干戈後，骨肉流離道路中。
弔影分爲千里雁，辭根散作九秋蓬。
共看明月應垂淚，一夜鄉心五處同。

題解

本詩以白描手法，採用平易的家常話語，抒寫真實情感，呈現在戰亂饑饉的年代中，兄弟姊妹無家可歸、四處離散的無奈景狀，以及孤苦淒惶的情態，讀之也令人有感同身受的慨嘆。

作者

白居易（七七二至八四六），字樂天，號香山居士，又號醉吟先生，下邽（陝西渭南）人。二十九歲中進士，歷任翰林學士、左拾遺、江州司馬、杭州、蘇州刺史、河南尹、太子少傅等職，諡號文。

白居易是唐代中期的重要詩人，其詩歌題材廣泛，形式多樣，語言或優美或通俗；內容上既反映人民疾苦、批評當權者弊政，也描寫友情、愛情和悠閑的生活，著有《白氏長慶集》。

清平樂　村居

辛棄疾

選文

茅簷低小，溪上青青草。醉裏吳音相媚好，白髮誰家翁媼？　大兒鋤豆溪東，中兒正織雞籠，最喜小兒亡賴，溪頭臥剝蓮篷。

題解

此詞作於辛棄疾閑居期間，由於他長期未得任用，此篇即是描寫他關注農村生活的寫照。上闋描寫農家老夫妻喝酒談天情景，下闋則是老人家三個兒子的生活情態，全詞以白描的手法，通過恬淡樸實的筆觸，生動描述農村的鄉土風俗，呈現清新寧靜的風格。

作者

辛棄疾（一一四〇至一二〇七），字幼安，號稼軒，山東東路濟南府（濟南）人。少年抗金歸宋，曾任江西安撫使、福建安撫使等職，卒後追贈少師，諡忠敏。

辛棄疾風格以豪放為主，愛國主義和戰鬥精神是主要的內容，其詞常傾訴壯志難酬的悲憤，也有不少吟詠河山的作品，題材廣闊又善化用前人典故，風格沉雄豪邁又不乏細膩柔媚，是南宋豪放詞的代表人物。

古文選

伯夷列傳

《史記》

選文

伯夷、叔齊，孤竹君之二子也；父欲立叔齊。及父卒，叔齊讓伯夷。伯夷曰：「父命也。」遂逃去。叔齊亦不肯立而逃之；國人立其中子。於是伯夷、叔齊聞西伯昌善養老，「盍往歸焉？」及至，西伯卒，武王載木主，號爲文王，東伐紂。伯夷、叔齊叩馬而諫曰：「父死不葬，爰及干戈，可謂孝乎？以臣殺君，可謂仁？」左右欲兵之。太公曰：「此義人也。」扶而去之。武王已平殷亂，天下宗周；而伯夷、叔齊恥之，義不食周粟，隱於首陽山，采薇而食之。及餓且死，作歌，其辭曰：「登彼西山兮，采其薇矣！以暴易暴兮，不知其非矣！神農、虞、夏，忽焉沒兮；我安適歸矣？于嗟徂兮，命之衰矣！」遂餓死於首陽山。

題解

本文選自《史記》，〈伯夷列傳〉為列傳之首。《史記》除記載帝王將相的世系和事蹟，也敘寫不少底層人物的事蹟，並肯定這些人物對社會的貢獻和作用。

綜觀《史記》於篇末多有太史公贊語，但本篇則無，滿紙贊論透過詠歎夾以敘事，頌揚伯夷和叔齊積仁潔行、清風高節的崇高品格，也寄寓作者對自身遭遇的諸多感慨。

作者

司馬遷（西元前一四五至西元前九〇），字子長，左馮翊夏陽（陝西韓城）人，為西漢史學家、文學家，其父為司馬談。漢武帝元封年間任太史令，後因李陵事獲罪，受腐刑，乃發憤著《史記》，其書為後代史學樹立典範，而其文風亦對後世影響至深。

斷績教子

《列女傳》

選文

孟子之少也，既學而歸，孟母方績，問曰：「學何所至矣？」孟子曰：「自若也。」孟母以刀斷其織。孟子懼而問其故，孟母曰：「子之廢學，若吾斷斯織也。夫君子學以立名，問則廣知，是以居則安寧，動則遠害。今而廢之，是不免於廝役，而無以離於禍患也。何以異於織績而食，中道廢而不爲，寧能衣其夫子，而長不乏糧食哉？女則廢其所食，男則墮於脩德，不爲竊盜，則爲虜役矣。」孟子懼，旦夕勤學不息，師事子思，遂成天下之名儒。

題解

本文選自《列女傳》，《列女傳》記述上古至漢代婦女的嘉言懿行，現存七卷，共分：母儀、賢明、仁智、貞順、節義、辯通和孽嬖，記述一百零五名婦女之事。當時因外戚勢力強大，宮廷多有動盪，劉向認為「王教由內及外，自近者始」，因此寫成此書，用以勸諫昭戒。

作者

劉向（西元前七七至西元前六）原名更生，字子政，沛縣（江蘇）人。西漢經學家、目錄學家、文學家，楚元王四世孫。曾奉命領校祕書，所撰《別錄》，為我國最早的圖書公類目錄，著作大多亡佚，今存《新序》、《說苑》、《列女傳》等書。

七步成詩

《世說新語》

選文

文帝嘗令東阿王七步中作詩，不成者行大法。應聲便爲詩曰：「煮豆持作羹，色。漉菽以爲汁。萁在釜下然，豆在釜中泣。本自同根生，相煎何太急？」帝深有慚色。

題解

本文選自《世說新語》，為劉義慶等人蒐集魏晉以來諸家史料及清言輯錄，再加上自己的耳聞目見而成。記錄東漢至東晉間高士的清談玄言、人物評論和機智對應的故事。

本文描述曹丕、曹植兩人雖為兄弟，但在政治立場卻彼此對立。曹丕即位後，藉故以七步成詩的方式迫害曹植，但曹植反以萁豆同根卻彼此相煎熬為喻，暗諷骨肉相殘的殘酷之情。

作者

劉義慶（四〇三至四四四），南朝宋彭城（江蘇徐州）人。生於東晉安帝元興二年，卒於南朝宋文帝元嘉二十一年，年四十二。

義慶為宋武帝劉裕的姪兒，長沙景王劉道憐的次子，劉裕稱帝後，襲封為臨川王。文帝時，歷任丹陽尹、荊州刺史、江州刺史等職，卒後諡康王。

義慶性情恬淡、愛好文學，喜召募文士，編集圖書。編著有《世說新語》、《徐州先賢傳》、《幽明錄》等書。

誡子文

諸葛亮

選文

夫君子之行，靜以修身，儉以養德。非淡泊無以明志，非寧靜無以致遠。夫學須靜也，才須學也。非學無以廣才，非志無以成學。慆慢則不能勵精，險躁則不能治性。年與時馳，意與日去，遂成枯落，多不接世，悲守窮廬，將復何及。

題解

本文是諸葛亮寫給兒子諸葛瞻的家書，成為後世學子修身立志的名篇，內容言簡意賅、文短意長，對兒子的殷殷教悔與無限期望盡在其中，透過簡練嚴謹的寥寥數語，愛子之情卻已溢於言表。

作者

諸葛亮（一八一至二三四），字孔明，琅邪陽都（山東沂水）人。曾躬耕於襄陽隆中，自比管仲、樂毅，稱臥龍先生。

建安十二年，劉備屯新野，徐庶推薦亮，備乃三顧茅廬，亮深感知遇，乃追隨劉備，獻計三分天下，主張聯吳抗魏，以再興漢室。後輔佐後主劉禪，並親征南蠻，屯兵漢中伐魏，後病歿軍中，諡忠武侯。

現代文學選

七尺布

蘇紹連

選文

母親只買回了七尺布，我悔恨得很，爲什麼不敢自己去買。我說：「媽，七尺是不夠的，要八尺才夠做。」母親說：「以前做七尺都夠，難道你長高了嗎？」我一句話也不回答，使母親自覺地矮了下去。

母親仍按照舊尺碼在布上畫了一個我，然後用剪刀慢慢地剪，我慢慢地哭，啊！把我剪破，把我剪開，再用針線縫我，補我，……使我成人。

題解

本詩為兩段式的散文詩，以買布做衣的過程，暗喻作者邁向成年的經歷。前段以客觀的敘事為主，後段則改採主觀的抒情筆調，而每段結尾則發揮統合聯繫的作用，表現作者與母親的互動，及其成長過程中的辛酸悲苦。

作者

蘇紹連（一九四九～），台中縣沙鹿鎮人，台中師範專科學校畢業，現專職創作。曾參與「後浪詩社」、「龍族詩社」，一九九〇年代初期與蕭蕭、白靈等人創辦《臺灣詩學季刊》。作品曾獲創世紀創刊二十周年詩創作獎，聯合報小說獎極短篇獎，中國時報文學獎等多個獎項，著有《茫茫集》、《驚心散文詩》、《臺灣鄉鎮小孩》等詩集。

土壤改良與文學研究——寫給父親

渡也

選文

你關心土壤的健康
我與中國文學爲伍
您日日製造土壤營養劑
把它們推銷給農友
爲了台灣土壤逐漸瘦弱多病
植物不能快樂地生長
我夜夜撰寫評論
將中國文學介紹給讀者
爲了中國文學逐漸黯淡無光
歷代文學家無法榮耀地生存於世

這樣偉大的事業
您苦心經營了八年
我支撐了五年
我們多年流淌的血汗已成江河
台灣的土壤知不知道
中國的文人明不明白呢

我們選擇的方向迥異
甚至經濟情況也不一致
您賣營養劑賺錢足夠供我念研究所
我微薄的稿費無力讓您安享晚年
這是自然科學和人文科學的差別麼
而唯一相同的是
我們的事業
已令我們嚐到撲面而來的
寂寞和寒涼

所以每逢夜晚
一位年老的土壤改良者
一個年輕的文學研究者
坐在一張寬廣無比的餐桌兩邊
您始終不明白我的文學研究
正如我一直不了解您的土壤改良
我們只好在黯然的燈下
相視而笑

題解

本詩透過對比手法，首先講述父親與自身的研究方向，再利用此差異，表露兩人的生活型態與個性，字句間透露對父親的敬意與愧歉，縱使無法理解對方研究為何，卻能相互諒解，呈現無語可述卻情感漫溢的狀態，將無解化為默契，呈現懇切的父子之情。

作者

渡也（一九五二～），本名陳啟佑，嘉義人，中國文化大學中文系博士，曾任教於嘉義農專、彰化師範大學、育達大學，現已退休，專事寫作。

高中時代即與友人合辦《拜燈詩刊》，並曾加入創世紀詩社與臺灣詩學季刊。創作曾獲聯合報小說獎、中國時報敘事詩獎、中華文學獎敘事詩獎、中央日報新詩獎等，著有《手套與愛》、《憤怒的葡萄》、《落地生根》、《我是一件行李》等詩集，及散文與評論多種。

悲歌為林義雄作

楊牧

選文

遠望可以當歸——漢樂府

1

逝去的不祇是母親和女兒
大地祥和，歲月的承諾
眼淚深深湧溢三代不冷的血
在一個猜疑暗淡的中午
告別了愛，慈善，和期待

逝去，逝去的是人和野獸
光明和黑暗，紀律和小刀
協調和爆破間可憐的
差距。風雨在宜蘭外海嚎啕
掃過我們淺淺的夢和毅力

逝去的是夢，不是毅力
在風雨驚濤中沖激翻騰
不能面對飛揚的愚昧狂妄
和殘酷，乃省視惶惶扭曲的
街市，掩面飲泣的鄉土
逝去，逝去的是年代的脈絡
稀薄微亡，割裂，繃斷
童年如民歌一般拋棄在地上

上一代太苦，下一代不能

2

比這一代比這一代更苦更苦

大雨在宜蘭海外嚎啕
日光稀薄斜照顫抖的丘陵
北風在山谷中嗚咽，知識的
盤石粉碎冷澗，文字和語言
同樣脆弱。我們默默祈求
請子夜的寒星拭乾眼淚
搭建一座堅固的橋樑，讓
憂慮的母親和害怕的女兒
離開城市和塵埃，接引
她們（母親和女兒）回歸
多水澤和稻米的平原故鄉
回歸多水澤和稻米的故鄉
回歸平原，保護她們永遠的

多水澤和稻米的平原故鄉
回歸多水澤和稻米的
回歸她們永遠的
平原故鄉。

——選自《楊牧詩集Ⅱ：1974～1985》，洪範版

題解

一九七九年臺灣發生「美麗島事件」，隔年二月二十八日，旋發生林義雄滅門血案，楊牧受刺激而創作此詩，字裏行間透露諸多不捨與人性的正反辯論，最終則將事件透過文字記述還原當時的政治氛圍，轉化為對土地與人民的關懷與祝福。

作者

楊牧（一九四〇～），本名王靖獻，花蓮人，初以「葉珊」為筆名，柏克萊大學比較文學博士。曾任臺灣大學等多所大學之講座教授。創作曾獲吳三連文藝獎、國家文藝獎、紐曼華語文學獎等重要獎項，著有《水之湄》、《傳說》、《北斗行》、《時光命題》、《楊牧詩集Ⅰ、Ⅱ》、《介殼蟲》等詩集，以及散文集與翻譯多種。

水兵領洋裝

宇文正

選文

我站在升旗台上，穿著一件水兵領橘紅滾邊鵝黃色短裙洋裝，眼睛不知該看著地上？天空？還是遠處的樹梢？這一次不是因爲當選模範生、不是爲了得什麼獎狀上台；因爲全校學生都穿制服，只有我穿著「便服」上學。

「今天妹上台選美耶！」二哥一回家就嚷嚷。沒有按規定穿制服上學而被罰，母親沒說什麼，衣服是她給我穿上的。但我聽見她不屑地從鼻子裡哼了一聲，那極輕微的哼聲，配合她微蹙著眉頭的神情，好像在說：什麼大不了的事呢！那是我國小三年級的事情，多年後，那哼聲好像還存在我的耳括子裡，它成爲我面對生活、性格裡叛逆底層的一根避雷針，給我勇氣。我一直喜歡水兵領，喜歡看小女孩穿著它坐在盪鞦韆上活潑勇敢的神氣。

第一次訂婚穿的那件銀灰色洋裝仍然簇新。選擇銀灰色，因爲訂婚時間是在媽媽過世不久，不可以穿紅色。洋裝是中興百貨買的，很高級的料子，就穿那麼一次，看著難過，還是狠不下心送人。到底留著做什麼呢？那個婚我逃掉了！

竟然對自己的決定反悔，沒有嫁給交往多年的好男孩，長達一年多的時間，我處在眾叛親離的家庭氛圍裡，所有人都在生我的氣。天熱了，秋收冬藏，我把衣櫃上層的夏衣拿出來，因爲嚴重過敏，戴著口罩仍然淚涕不止。母親不在人間了，沒有人幫我整理衣服了。在那處境下，我多渴望聽她輕哼一聲：什麼大不了呢！

那個時期的服飾多半是尼泊爾、印度、西藏民族色彩，有幾年狠狠流行過。忠孝東路小巷子裡，左一家西藏屋，右一家尼泊爾店。我有一件白色棉紗裙，鑲了好些小鏡子；一套米色裙裝，兩袖、長裙下襬都繡著黃銅小鈴，走起路來叮叮噹噹，都還收藏著。各種手染的棉麻紗巾，編成腰帶、摺成三角巾，隨手一繫，活像個邊疆女子，我到現在仍喜歡那打扮，雖然已經過時了。當年在情愛紅塵裡給我深度震撼的男孩，其實並不欣賞我那一身打扮，他甚至從未喜歡過固定的風格。

一件深藍色斗篷，中國式圖案，每年換季搬上搬下，卻一次也沒有穿過了。Ｔ離開台灣的那個冬天早晨，我裹著深藍色大斗篷送他，他喜歡我那麼穿。「到紐約來找我好嗎？」「我非常怕冷。」他叮囑我吃胖一點，就不怕冷啦。下一個秋天，Ｔ又飛來。我穿著磚紅色格子背心裙、白襯衫很正式地參加他的演奏會。這身打扮使他很不習慣，他似乎以爲我眞是那麼個跨越時空走來的中國女孩吧！我正要出國，可是不去紐約，不想告訴他。海闊天遙，我不信任什麼人了，尤其是自己。

出國時一套套衣服裝進行李箱。嫂嫂笑我：「哪裡是去唸書的！」其實有些衣服帶去帶回壓根兒沒穿，可是我割捨不了，看著也是好的。譬如那件藍色斗篷，它總讓我血液翻攪，原來是喜歡過Ｔ的，只是沒辦法對他、對自己承認。在ＬＡ偶而陰雨的冷冬，聽Ｔ的ＣＤ，每一個音符都踏在心尖上。覺得自己眞蠢，被拋擲的要痛，自己拋擲的也痛。從沒有姊妹，亦沒了母親，別的女孩家究竟都是怎麼活的呢？

終於要結婚，親友們緊張勝於興奮，怕的是不知道這一次眞的假的？訂完了婚，看他們那副如臨深淵的樣子，我讓家人安心的方式是「壓箱底」的新嫁服一套套買進家來。

大表妹來看我，兩隻指頭挾起床上一件粉紅色新睡衣跺足搖頭：「說、買、這、種、的、啦！」家人笑開來，那是一件鑲滿蕾絲邊、形式保守傳統的連身長裙，一點都不性感，哪裡像是爲新婚而買的！我一把搶回我的新睡衣：

「我找這樣子的睡衣找好久囉！」

「不是滿街都是嗎？」

十八歲，我上大學，留起披肩的長髮。那個早晨我提著籃子隨母親上菜市場，以前很少陪她上市場，周末不是看書就是跟同學往外跑；就算陪她去過，我的樣子也變了，不再是難看的西瓜皮髮式了。賣芒果的小販看了我一眼，竟輕薄地對我母親嚷：「咦，看不出來妳長得不怎麼樣，女兒還滿不錯的嘛！」我和母親都詫異，竟不敢交換眼神。

我們沉默地向前走，河邊的傳統市場什麼都有，走過水果、菜、肉攤子，出現一攤攤的衣服、涼鞋。母親在一個睡衣攤前駐足良久，給我選了一襲粉紅長裙睡衣，有著可愛的蕾絲邊。聽到女兒被讚美，她的第一個反應是去爲她買一件粉紅色睡衣。

那其實是非常經典的睡衣，不論顏色、款式。結婚前我在華歌爾專櫃找到形式相仿、但質料較好的一件，現在仍掛在我的衣櫃裡。然而我想起母親從來是不穿睡衣的。一個十八歲就嫁人、二十歲就生孩子、五十歲就過世的女人，她這一生有過浪漫的夢嗎？她喜歡我穿著好看的衣裳，哪怕違反體制、被叫到升旗台上，她只覺得不屑，她究竟期許我擁有怎樣的人生？我在情愛裡掙扎，她看著嗎？她會心疼、還是覺得瘋狂癡傻一場才不枉青春？

P向我求婚時，我戲謔地只問一個問題：「如果換季的時候，你會不會幫我整理衣服？我過敏。」

「妳這樣子就可以嫁出去啊！」P快笑死了。

可是婚禮前夜，我還是遲疑了。婚紗攝影公司提供的禮服已經拿回來，無肩、剪裁素雅的白紗禮服，據說是嶄新的。國中同學們跑來看我。我撫觸婚紗上的蕾絲，指頭近乎顫抖。阿文看著我的手：「喂！這次妳再逃，到火星上我們也去把妳給抓回來！」

「關你什麼事！你是我娘？」

「妳娘也希望看到妳好好嫁出去的。」

我說，嘿，關於我嫁人的事，我娘在時只發表過一次意見哦，她對我爹說：「等我們丫頭嫁人的時候，我們可能要去給人家磕頭！」她認爲我什麼都不會！

眾人笑岔了氣，頻頻說：「應該的、應該的！」我從鼻子裡不屑地輕輕哼了一聲，與母親神似的哼法。那一刻，我完全明白，自己一直是像母親的，儘管外表她胖我瘦，性情她剛烈我軟弱，骨子裡我們是一模一樣的。什麼東西可以恐懼一輩子？什麼大不了呢！我穿著水兵領短裙洋裝站在台上。我看台下、我看遠處的樹梢、我看藍天。

題解

本文藉由一次穿著水兵領洋裝的記憶，溯源自己成長歷程的種種過往。隨著時光流逝，也在不同服裝的抉擇中，維繫著作者與母親的深厚情感。從最初的水兵領洋裝，以及之後的過盡千帆，到文末的結婚禮服，表面上寫的是女人對服裝的觀察與態度，也同時映照了對於婚姻的選擇，以及母親帶給作者的啟示與影響。

作者

宇文正，本名鄭瑜雯，福建林森人，東海大學中文系畢業、美國南加大東亞所碩士，現任聯合報副刊組主任。著有短篇小說集《貓的年代》、《臺北下雪了》、《幽室裡的愛情》、《臺北卡農》；散文集《這是誰家的孩子》、《顛倒夢想》、《我將如何記憶你》、《丁香一樣的顏色》、《那些人住在我心中》、《庖廚食光》、《負劍的少年》；長篇小說《在月光下飛翔》；傳記《永遠的童話——琦君傳》及童書等多種。作品入選《臺灣文學30年菁英選：散文30家》；近作《庖廚食光》獲選「二〇一四年開卷美好生活書」、講義雜誌二〇一五年度最佳美食作家。

三、文學與地景

編選序

陳謙

文字書寫是對形象思考的最佳輔助工具，透過描繪與形塑，我們得以看見事象背後的象徵意涵，只有豐厚的人文思考，才符合人性最根本的需求。

文字書寫來自於人類最根本的需要，際此，文字從生活中來，自然也要如實地回應生活。地景寫作是對形象思維最為具體的表現，寫作則是思考對形象的反省與給出。地景書寫所關注之焦點有如下方向：

1. 從環境體驗出發，以觀察為核心，以自身為觸角。著重文字與圖像之關連性，藉由敘述與描繪，全景與特寫的鏡頭語言呈現地景的特徵與風貌，希冀同學們能自文字中獲取空間物象與時間環境其間奧妙之有效掌握。
2. 踏查與紀實，藉由文字的紀錄與想像，探索出事件情節背後的真實與象徵。藉由自然書寫，旅遊書寫，城鄉書寫的文本閱讀，期能充分體現作品書寫的價值與內涵。

任何學理有其操作性定義，對於新興的「地景寫作」學門，其定義試表列如下：

書寫類型	敘述觀點	備註
旅遊書寫	以我觀物（移動中的人，第一人稱）	觀察者短暫遷徙或停留
城鄉書寫	以我觀物（第一人稱，亦可第三人稱）	觀察者以所在地為居所
自然書寫	以物觀人（第三人稱，亦可第一人稱）	移情→物皆著我之色彩
企劃文案寫作	揉合各種書寫類型	言簡意賅，修辭

書寫是情感與智慧的沉澱，作為一位傑出的文字爬梳者，當然是一位敏於觀察的藝術家，但別忘記，藝術同時也是技術，有了技術才有藝術完美的呈現。

文建會近年來為倡導在地書寫，專注於一鄉一特色的文學「地景」，其實也就是景觀學的核心價值。文學與景觀學都強調以人為本的教育內涵，其本質可謂不謀而合。

本章節所選錄之文章著重於文字對景觀的描繪與探索，並書寫出對土地與環境的憂慮與期待，表現手法各有千秋，著實豐富了地景書寫的文本內涵。筆者試將地景書寫簡化為以下關鍵詞，希冀能有拋磚引玉之效力，並請同學與諸位師長大德，不吝指正為荷。

1. 地景寫作原則：從自身情感出發→直接的經驗→間接之訊息→文字書寫（知感交融）
2. 城鄉書寫→居所→人與社區（報導傾向的地誌書寫，文明的現在過去與未來）
3. 自然書寫→環境→自然與人（物擬人，儆醒與啟示）
4. 旅行書寫→移動→人與變遷

（感懷，遊歷，生命之過客）

5. 地景寫作課程教學目標：環境觀察與體會→形象思維訓練→文字描繪→故事敘事。

6. 感情（情緒的逗引）→美感的基礎→藝術的技巧與控制（媒介：文字，圖像等）理性與感性兼具。

新美街一號

顧蕙倩

選文

　　這是一本很特別的旅遊指南，尋著它的文字，你找不到任何一家適合客居的旅店，卻可以感受整條街隨處可見進出旅社的女郎；書裡也不會告訴你這條街到底有什麼觀光特色，但是你可以清楚知道這是一條貌似盲腸的古老街道，從街頭很快就會走到街尾，很接近海，也

文·攝影／顧蕙倩

很接近繁華熱鬧的市集。人們在其中辛苦的打拼，打拼後也能回歸到安靜純樸的庶民生活，有點古老又有點現代的時光。

詩人白萩寫了這本詩集《香頌》，詩集的內頁寫著：「獻給與我生活在新美街的伴侶」，字裡行間的台南市新美街承載著詩人的孤獨與哀愁，讀著讀著彷彿也跟著詩人在這裡生活著和愛戀著。想親身一探詩人五十年前居住的地方，感受詩人字裡行間既酸澀又加一點兒甜味的生活，詩人說：「它就在新美街一號」。

於是帶著這本《香頌》，我來到了詩人口中的：「新美街一號」。很奇怪的是地圖上的新美街很長，從民生路開始橫跨民權路，再從民權路銜接民族路，再一路連結至成功路才到新美街的盡頭。再過去便是自強街前段，舊名爲「大銃街」，自強街後段的舊名喚爲「水仔尾」，我回頭看看遙遠的「新美街一號」，再看看昔日城門的遺址以及地上標示的舊河道圖示，我強烈的懷疑，詩人白萩口中的「新美街一號」，詩裡那嗅得到的脂粉味，其實就是現在地圖的新美街街尾。

按照庶民的生活習慣，不就是從「台江內海」入安平港，順著河道行船至「水仔尾」，進「小北門」城門通關，入「大銃街」檢查，到了「新美街」

便開始卸貨交易，街道兩旁的大小旅社便應運而生嗎？而詩人筆下的一段小小「盲腸」和現在新街道規劃長長的「新美街」想必是極爲不同的吧？

爲了証實自己的懷疑，沿路尋訪了當地耆老，不論是創業於一八七五年的「舊來發餅鋪」、開基武廟前的老者，或是創業於一八六八年的「老茶葉店——金德春」老闆，大家都異口同聲說舊時的「新美街」指的是「民族路」和「成功路」間的這條巷弄，古稱「米街」。而「民族路」到「民權路」之間的部分，過去叫做「抽籤巷」，後來也曾稱作「三義街」，現在亦爲新美街的一部分。原來在清嘉慶十二年（一八〇七年）時，米街已出現在《續修臺灣縣志》的城池圖中，除了米店之外，清朝時在米街附近亦有開設許多紙莊、紙行，印製民俗版畫等物。

所以現在的「新美街一號」代表的是今日繁華市街的商業文化，四周是林立的日式燒烤店、文創小店及新穎的商務旅店。而詩人口中的「新美街一號」則隨著海岸線向後退去，城門拆除及河道阻塞等情勢改變，昔日的繁華已默默遁入了街尾。

現在的「新美街」雖不再是一條盲腸大小的米街，但依然是一條適合慢慢散步生活的老巷弄，小巷裡有台灣第一座武廟——開基武廟，有傳統的榻榻米店、亞鉛店，還有許多好吃的小吃店。現在的它還有許多藝文空間鑲嵌其間，注入年輕藝術家的思維與創意，是新亦是舊，這條路各式人生味況都有。

一座城市的脈絡與街道的興衰，會隨著時間而以不同的樣貌呈現，關於新美街的記憶，在詩人的書籍裡寫著繁華市街下的孤寂與苦難，而我的新美街則充滿了年輕與古意，在這裡看不到新舊文化的衝突，這條街上同時承載著不同世代的記憶，人們經過，不管是旅人或是老者，不自覺的放慢著腳步，慢慢體會著時光匆匆又慢慢的人生藝術。

題解

街道進入文學語彙名稱，成為文學地景，從溫州街到雲和街，在在出於文人的生活觀察。作者以詩人白萩為其直擊標的，透過考證與踏查而來的紀實文學，揉合了報導文學與抒情散文的技巧，實足描繪了地景文學中人物生活過的地貌形象，在昔今兩相對照之下，新美街呈現出它曾經的歌舞昇平觥籌交錯的歷史風華，當然也呈顯出現今的寂寥與落寞。

作者

顧蕙倩，國立臺灣師範大學國文系學士、淡江大學中文所碩士，佛光大學文學系博士。大學時期參與師大噴泉詩社以及地平線詩社。曾任迴聲雜誌採訪編輯、新觀念雜誌採訪編輯、中央日報副刊編輯，現任國立師大附中薪飛詩社指導老師、國文科教師、銘傳大學應用中文系助理教授、聯合報副刊專欄作家。作品曾收錄《九十二年散文選》，並曾獲師大噴泉詩獎、臺北詩人節新詩即席創作首獎、國立臺灣文學館愛詩網現代詩獎、二〇一四教育部特色課程特優獎。

二〇一四年十月及二〇一五年一月與顧凱森合辦攝影詩文展，二〇一五年三月曾獲邀擔任TEED兒童與環境論壇——生命的體驗，創作的泉源的講座老師，二〇一五年四月及七月與小老鷹樂團合辦詩樂跨界表演，並出版《逆思》（顧蕙倩ft.小老鷹樂團）詩樂專輯，二〇一六年三月開始與廣播人張敬、音樂人小實共同努力，並認同詩樂跨界的時代意義，整合相關廣播資源，全心投入新世紀詩樂的推廣工作，結合人聲導讀，在警察廣播電台共同製播讀詩、說詩、唱詩節目「詩歌人聲」，使之推廣詩樂教育的功能更形完整。著有詩集《傾斜／人間喜劇》、《時差》、《好天氣，從不為誰停留》，散文集《漸漸消失的航道》、《幸福限時批》，漫畫劇本《追風少年》，論文集《蘇曼殊詩析論》、《臺灣現代詩的浪漫特質》、《臺灣現代詩的跨域研究》，報導文學《詩領空：典藏白萩詩／生活》等書。

柴山99號公車

王家祥

選文

每晚最後一班99號公車經過我家門前時，通常也是我該上樓去睡覺的時間了！我習慣看看牆上的鐘，最後一班公車停在我家門前那一塊站牌的時刻是晚上十點半，再來它會沿著哈瑪星的漁人碼頭，以及西子灣的蓮海路，到中山大學巡繞一圈，在晚上十一點前結束它的工作，回到某一處我從來不知道的停車場。

高雄夜晚的最後一班公車，車上空蕩蕩的，幾乎都沒乘客了！常常只剩下司機先生一個人盡責地甚至有點自得其樂地掌著方向盤在固定路線上遊玩，我最愛看每晚靜靜駛經過漁人碼頭的99號公車，數一數車內的人數，一個、兩個、不到三個、很快便數完了，有時候車上連個人影也沒有，覺得高雄市的公車最寂寞了！大家都愛騎機車四處亂竄，一路上都沒人肯理它。

其實99號公車很有趣，它會經過蜿蜒的碼頭、繁忙的渡船場，寧靜而廣闊的港灣、大學校園、看得見大船入港或出海，以及西子灣上的遊人與海鷗，學園裏的青春氣息，最後一段還有依山傍海的山路延駛到柴山社區，爲了跑狹窄的山區公路，它還有一種小型巴士每天間隔零星幾班，路線註明延伸至柴山，也就是說，特別只有小型車身的99號公車，從火車站出發，除了可到中山大學外，還可以深入柴山，大型的99號便不行了。

有時候我幾乎忘了街上有公車站牌的存在，搬來漁人碼頭兩年多了，直到最近才發現我家門前有一塊公車站牌，大概是很少人會在這一站下車上車，加上公車班次也不多吧！所以我從來沒看過99號公車停在我家門前，直到每晚最後一班99號公車會載來一個流浪漢，固定在我家門前下車，然後走到對面漁人碼頭的圓型劇場去睡覺，我才知道原來我家門前有一塊站牌叫哨船街站。

因爲有一些市政府興建的公共空間，漁人碼頭變成流浪漢可以過夜的地方，他們可以在圓型劇場的臺階上睡覺，或者堤岸邊的各式座椅上過夜，被99號公車載來的是一位上了年紀的剃著光頭的流浪漢，白日的四處遊蕩之後，好像每晚下班固定會回到他的家一般，在固定的時間與地點下車，我才知道最後一班99號公車經過我家門前的時間大約是晚上十點半，十一點之後，高雄市所有的公車就都收班了。

被99號公車載來的老流浪漢大概很喜歡哈瑪星的漁人碼頭吧！已經把碼頭當做自個兒的家約莫半年光景了，刮風下雨的日子也不見他離開，只躲在圓型劇場的屋簷下稍微避一下風雨；我覺得哈瑪星有一種過往歲月的滄桑，最能代表繁華落盡的老高雄，畢竟這裏是高雄市最早發展的區域，有一座高雄驛老車站，有一條最早的銀行金融街，有一家山形屋出版社，還有當時很先進的武道館與婦女館等建築，有很多大宅院的有錢人家，也有巷子底最早的違建貧民窟，你能想像最早的高雄火車站就在哈瑪星嗎？我的老父親形容他們的時代，哈瑪星是三教九流，很複雜的各方人馬爭奪聚集之地，不過它現在不同以往了！那個老流浪漢可能還停留在過去，我看他全身依然保持整潔的模樣，不知每天都在哪裏清洗？褲袋裏插著一份當天報紙，證明他仍然關心社會國家，他從這處碼頭晃到另一處公園，沿路邋遢的流浪漢不止一個，他卻從不跟任何人交談，只是喜歡把臉朝著對岸或海港靜靜地凝望，他也沒有任何拎著走的行李與家當，甚至連棉被也沒有，每晚睡在固定的椅子上，用當天的報紙蓋身體，每天一早蹲在碼頭旁大便，直接讓撇條掉到海裏面，然後坐在碼頭上開始凝望，直到他想坐上公車離開去遊蕩，即使連他坐上公車去遊蕩，也是每天進行著，無論陰晴，風雨無阻。

我不知道他白天裏到哪兒去遊蕩了？我很想找機會問問他，但我從來沒開口和他說過話，就像我很想知道他爲何一個人獨自生活在碼頭上？他沒有家可以住嗎？他沒有親人嗎？他天天在碼頭邊遊晃不會無聊嗎？下雨天的時候他又能躲到哪裏去？但我從來不敢在他身邊坐下來和他說話，我猜他心中一定有一大堆故事會讓人聽了腦震盪，我知道流浪漢的故事如果開始說，三天三夜也說不完。

就這樣、每晚我讓載他回家的99號公車提醒我十點半了，該是關門上樓睡覺的時候了，然後每天一早，我起床沿著漁人碼頭散步到西子灣，總會看見他也剛起床，不是蹲在碼頭邊大便，便是早已經坐在椅子上發呆凝望了，有時候我實在不想撞見一個老男人光著屁股蹲在岸邊的不雅模樣，總會故意遲個幾分鐘，心想等他完事了再經過，那樣子我的清晨會很美，也覺得像他這樣子過日子沒什麼不對。

可是有一天晚上十點半過了，99號公車卻沒有停下來繼續往前開，第二天也是一樣，沒有看見老流浪漢下車，人也沒有出現在漁人碼頭，第三天、第四天、甚至接下來一個禮拜，一個月都一樣，是不是老流浪漢回去眞正的家和家人團圓了呢？還是他厭倦了碼頭生活，又換了另一處地方睡覺呢？我覺得納悶，一陣子之後也就逐漸淡忘了這閒事，入夜後在客廳裏邊看電視邊打瞌睡，有時候醒來抬頭看看牆上的鐘，早過了十點半，也沒再去留意最後一班99號公車已經駛過。

就在我逐漸習慣不再去注意最後一班的99號公車之後，有一天晚上夜很深了，我還未關門上樓去睡覺，突然間聽到熟悉的公車煞車的聲音，一輛小型的延駛到柴山的99號公車緩緩地停靠在門前的路邊，車門緩緩地打開，走下車的人影竟是那熟悉的老流浪漢，他突然又回來了！這些日子到哪渡假去吶？好久不見啦！我心中兀自說著，不知是欣慰還是訝異？可是現在幾點鐘了？我納悶地抬頭瞄了一眼牆上的鐘，十二點零五分！不可能這時候還有公車班次啊！我是不是眼花了呀？

隔日一早，我依舊清晨起床去運動，一路上卻奇怪沒發現老流浪漢的蹤影，不在每天習慣上廁所的碼頭，也不在圓型劇場的臺階上睡大覺，更不在港灣公園裏凝望著大海發呆，人是回來了，卻不知躲到哪裏去？

接下來的幾天，小型的99號公車每晚準時在十二點過後將老流浪漢載回來，除了老傢伙之外，車上空無一人，從未出現過其它的乘客，我疑惑著是不是公車營業的時間往後挪了，最後一班公車延到十二點才打烊，讓老流浪漢多出時間去遊蕩，過起夜生活，所以早上起不來，躲到暗處去睡大頭覺，睡到中午也沒人知道，我還特別去留意十點半之後到十二點之間，並沒有其它公車班次駛過。

「難道十二點這一班是特別的加班車？」我內心興起了疑問，白天還四處去尋找流浪漢，結果沒找到。

打電話去問公車處，他們給我的答案很肯定，也很沒禮貌。

「十一點前都沒人坐了，還要延後到十二點，對不起！目前我們沒有這種加班車。」對方這麼說，我才想起高雄市的公車處一直在虧錢。

流浪漢與午夜公車這怪事我越想越不對，會不會是好心的司機與常常搭公車的流浪漢變成了朋友，每晚收工後送他回家啊？我越想越有股睡不著覺的衝動，想等流浪漢下車時當面去問他，於是我等了又等，終於又等到十二點過了，99號公車又停靠了，流浪漢一下車，我卻鼓不起勇氣走出門去問他。

沒想到他主動向門內的我招招手，深富感情地鞠了個躬，日本式的九十度彎腰行禮，口中還唸唸有辭，那姿態似乎是旅人離別前向朋友說莎喲哪啦的意思，難得他老人家這麼高興，心情特別好，臨睡前還跟鄰居說再見，八成是適才喝了酒，一路上醉回來的。

可是那一晚之後就再也沒有見過午夜公車和流浪漢了！難道那一夜流浪漢果眞對著我鞠躬說再見嗎？直覺還眞準呢！雖然聽不見他口中唸些什麼，99號公車特別載他回來的嗎？我心中還是納悶著，可想而知也找不到答案了。

過了幾天，我看到報紙上一則地方版的小新聞，差點沒從椅子上跌下來。

『一個多月前在公車總站停車場發現的無名男屍，終於由家屬出面領回，這名男子年約七十多歲，身上無任何身份證明，是個遊民，有民眾表示常看到他在哈馬星出現，據悉住在北部的家屬已經找尋離家的老父親數年了，警方接獲報案指出，他是清晨被發現死在一輛小型的99號公車上，法醫證明是心臟病突發，並無他殺嫌疑，至於爲什麼人死在昨夜才收工的公車上無人發現？連最後值班的司機也不知道。』

題解

地景書寫為地方風景的紀實性書寫，當貴在地理空間與歷史軸線的真實性。然本文作者卻以一名流浪漢的一天生活，巧妙的將高雄柴山一帶的地理環境一一介紹，虛實交錯的筆觸，魔幻寫實的情節，不只予人耳目一新的地景書寫方式，更將目光投向城市邊緣人的角落生活，看見城市光芒背後的陰霾，令人不勝唏噓。

作者

王家祥，一九六六年生，高雄市岡山區人，中興大學森林系畢業，為臺灣中生代一位優秀的自然歷史散文作家。使用過的筆名包括雲水、李群等，曾經獲得時報文學獎、聯合報極短篇獎、賴和文學獎與吳濁流文學獎等臺灣的文學獎項。曾任臺灣時報副刊主編、高雄柴山自然公園促進會會長。業餘從事臺灣鄉野生態保育工作。目前專事寫作和繪畫。

在荒野，遇見一隻流浪狗

劉克襄

選文

溫煦的春日早晨，騎單車遊蕩到好美里防風林。

從空照圖鳥瞰，這塊狹長的防風林約莫三公里長，坐落於村子東北。半世紀以來，因爲長年造林的保護，幸運地形成綿長的森林。在海岸和陸地間，猶若一塊綠色翡翠鑲嵌在貧瘠的漁塭裡。

在地友人曾告知，森林裡有塊祕密的遼闊水塘，以前常有候鳥棲息，值得深入一探。騎到半路，單車一擱，我們便循一條草徑進去。穿過幾條寬敞的消鹽溝後，抵達這塊被森林重重包圍的大水塘。踩踏的岸邊雖是禿裸之地，卻深陷進去，顯見周遭過往都是溼地。只是許久未落雨，稍微陸化。一場雨水之後，又會形成廣闊的沼澤。

我站在那兒，放眼望去，周遭都是木麻黃、黃槿和水黃皮的海岸林，風景確實清美秀麗，但水塘表面沒有蜻蜓梭巡，裡面亦無蝌蚪，只有小魚快速來去。看來水塘鹽分應該很高，又略微優氧化。

遠方不時傳來褐頭鷦鶯和白頭翁的鳴啼，幾隻洋燕在半空快速來去。我期待，還有濕地鳥種的出現。未幾，翠鳥發出尖銳叫聲劃過湖面，彷彿掀起序幕。緊接，大白鷺緩飛而過遠方的草澤，小白鷺出現旁邊樹枝頭。但一個遼闊如球場的水塘，只有幾隻單獨的水鳥，似乎還不夠熱鬧。

我思忖時，對岸的草叢突然間大力晃動。原本以爲是田鼠或者大蛇正在奔竄，不料竟是一隻體型碩大的野狗，有氣無力地走出來。看來好像被我們吵醒，晃出來觀看，一副想尋找食物的飢餓形容。

牠的下半身有些髒污，顯然是長期生活在泥沼濕地的結果。我高興地向牠揮手，希望引發注意。牠並未搖尾巴，也沒警戒吠叫，只是木然地望向這邊。似乎很困惑，爲何有人在此岸邊出現。緊接著，几自低著頭，繼續沿著水塘邊嗅聞。

通常，在郊外的野狗看到人，大抵不脫兩個狀態。一般是遠遠便狺吠不已，宣示領域。牠們可能對你的出現感到不安，警告你不能再往前。如果是一群，發現你落單，說不定就欺身過來。許多人在郊外被野狗噬咬，不脫這種狀況。還有一種是肚子餓壞了，看到人，顧不得什麼危險。搖著尾巴，慢慢地朝你接近。像疲憊至極的流浪漢，厚臉皮地跟你乞討，希望可以獲得各種食物。

牠遠遠地佇立，未出聲，猜想應該是後面的狀況即將發生。我繼續觀望，牠走到離我最近的岸邊。我趕緊蹲下來，減輕牠的恐懼。進而卸下背包，做出取食物的動作，希望吸引牠過來。牠看到了，有些遲疑，卻繼續在對岸低頭嗅聞。看來食物雖在前，可能是隔著水塘，因而未理睬我。

儘管牠放棄過來，我還是拍手示好，表示歡迎。一般狗看到我蹲下，掏出食物，又發出友善的聲音，縱算滿懷陌生的敵意，應該也會化解大半。這回，牠真的有回應了，居然直接跨過水灘。我恍然發現，水灘並不深，僅及牠的腳踝。豈知，牠上岸後，繼續沿水岸走路，根本不理睬我。

我背包裡的食物，顯然無法完全吸引牠。牠對我這樣的陌生人，仍保持高度警戒。這一生疏的不尋常動作，讓我猜想，過去牠和人接觸，經驗應該不會愉快，甚至遭受過迫害或欺負。

此地乃荒郊野外，野狗被毒死、追打，或被獸夾夾傷的事件屢有耳聞。牠們看到人，原本就害怕，遑論過來親近。基本上，牠們對人已喪失信任。如果不了解這一本質，我們對野狗的認識便會充滿偏見。

我轉而主動想挨過去。沒想到，牠愈往水邊靠，明顯不希望被打擾。我站回原位，牠也不理睬，依然沿著水塘走去，消失於森林。但我要起身離去，牠又走回來。好像是在試探，或者再次觀察我的存在。

只是，牠依舊沿著水塘，低垂著尾巴。緊接著涉水，想要跨到對岸，走了一段，似乎有些感傷，旋即折返，頭也不回地遠離，把我當成空氣般不存在的物體。

牠的動作很平實，未跟我有任何強大互動，彷彿只是兩個陌生的路人，經過荒涼廣闊的野地，毫無交集地擦肩而過。我欲攀談，對方卻頭也不抬，繼續自己的行程。

我不喜歡稱野地生活的狗爲流浪狗，因爲牠們多半住在一個固定區域，最多方圓四五百公尺。好美里防風林遼闊，雖說保持蒼翠的森林，卻也變成不少野狗棲息的環境。

野狗偏好成群結黨，但像牠這樣落單的也不少。這些被人群遺棄的狗，一旦恢復野性狀態，不單是攻擊路人，對當地生態環境也帶來不少困擾。這隻卻明顯不一樣，牠身上流露的盡是落寞的神情。彷彿集結了荒郊野外，諸多野狗的疲困飢餓，惶恐不安，以及喪失對人的信心。

在這處緊鄰海岸的荒野，這隻野狗顯然懷有種看透塵世的蒼涼。那頹敗地走過和消失，彷彿早就失去跟人對話的信心，也放棄任何溝通的機會。雖說只是冷漠的交會，牠的行徑讓我充滿錯愕和愧疚。一個人難過地站在岸邊，呆愣了許久，完全忘記了眼前郊野的綺麗。

題解

「牠們對人已喪失信任」這是作者對流浪狗的觀察。何以失去信任？相信是每一位閱讀者一定要去尋求的答案。天地萬物斯有情，我們只是地球村的一員，長期以來強取豪奪且破壞周邊的資產，大地的反撲不斷襲來，此刻該是我們學會尊重天地萬物，才不致生靈塗炭的時刻了。作者長期以踏查紀實寫作深入城鄉或者荒野，能以渺小微物件人所未見，深刻的人文關懷之情感令人動容。

作者

劉克襄（一九五七年一月八日～），臺中縣烏日人，本名劉資愧，臺灣作家、自然觀察解說員，中國文化大學新聞系畢業，稱號「鳥人」。劉克襄從事自然觀察、歷史旅行與舊路探勘十餘年。至今出版詩、散文、長篇小說、繪本和攝影作品二十餘部。曾擔任《臺灣日報》、《中國時報》美洲版、《中國時報》等副刊編輯，自立報系藝文組主任、《中國時報》人間副刊的撰述委員及執行副主任。現職專業寫作。

溪埔良田

吳晟

選文

1

台灣第一長河流濁水溪，根據地理資料，主流發源地位於奇萊山北峰和合歡山東峰之間的佐久間鞍部，海拔三千二百公尺。從中央山脈匯合了南投縣境的霧社溪、萬大溪、卡社溪、丹大溪、郡大溪等諸多山脈水系，迂迴環繞，穿行於山林峻谷，奔流而下，出山區、經平原而入海，全長約一七八公里，橫跨台灣中部南投、彰化、雲林三個縣境。可區分爲上游、中游、下游。

上流河段從主流發源地到信義鄉地利村，大致依山勢東北流向西南。主河流從信義鄉地利村、水里鄉民和村，轉而形成東西走向，流經水里、集集、名間等鄉鎮，再蜿蜒流至竹山西側，與雲林草嶺北來的清水溪相會，可稱之爲中游。

從南投竹山、雲林林內、彰化二水三縣境交界處，直到雲林麥寮和彰化大城附近出海口，即爲下游。

中、上游河段多山谷溪澗、河水湍急；下游則沖積而成遼闊的彰雲平原。整個濁水溪流域，約四千多平方公里，沿岸村落居民，大都務農爲主。上游正是典型的台灣山地原住民農業區，下游彰雲平原更是台灣農產品稻米、蔬菜等重要產地。

無論是山地農業或平地農業，農民生活就如不由自主的水流，平日看似純樸平靜而安定，實則不但充滿了與颱風與豪雨與乾旱蟲害等天災搏鬥的勞苦，而且做爲社會底層階級，一直被操縱、被支配、被榨取，毫無自主能力的生存方式，充滿了艱辛。

2

遠從荷據、明鄭及滿清時代，漢人移民不斷增加，台灣農業開始墾荒拓土，不管是農地的開發、水利設施的構築、農耕技術的改進，多以自發性的民間力量爲主導，但多數農民因欠缺資金，在豪族、士紳的控制下，淪爲佃農，必須承擔沉重租金，而清廷官吏僅從事課徵田賦關稅，三年官二年滿，關心的只是如何斂聚更多收藏財富返回中原。日據時期則透過嚴密而權威的警察行政力量，實施典型的殖民地經濟政策，將台灣農產品如稻米、蔗糖、茶葉、香蕉等，廉價收購，並大量運出供應日本國內的需要，再由日本運來高價的工業消費品；而且台灣總督府享有食鹽、樟腦、菸酒類等專賣權，由此強制性的產銷過程中，剝削農民，榨取經濟利益。

猶如二次大戰期間，台灣是日本的「南方前進基地」，終戰後中國國民黨政權接收台灣，在「反共復國基地」的口號下，未曾有過長居久安的打算，無心規劃穩定而長遠的農業政策，任由資本化經濟體系恣意侵襲、政治利益取向的外國農產品大批輸入，乃至壓低糧價、扶持工商，一般蔬菜瓜果的價格，比暴漲暴落的溪水更起伏不定而無保障，除了少數地區經營經濟作物略有生機，廣大農村無從振興而逐漸走向萎縮凋零。

3

台灣島嶼多山多河流，台灣農業的開發，和河川密不可分，凡有開圳設埤之處，皆成水田，移民人口和耕地面積隨著迅速擴充，水利可說是農地開發的原動力。

濁水溪下游原也是曠野荒埔，茫茫草原，並沒有固定的河道。約於一七一九年（清朝康熙五十八年）左右，相傳閩人士紳大墾户出資募集民工，於今南投名間鄉濁水溪邊，建攔水壩、設閘門，鑿通渠，導引濁水溪水，灌溉田地。

當時灌溉地區包括彰化縣屬東螺東堡、東螺西堡、武東堡、武西堡、燕霧上堡、燕霧下堡、馬芝堡及線東堡等八堡，即名爲八堡圳。是清代台灣最大的水利建築，也是彰化平原開墾的先聲。

八堡本圳從二水設圳頭，分二圳，因此二水舊稱二八水。八堡一圳由二水經田中、社頭、員林、大村、花壇、秀水到鹿港諸鄉鎮；八堡二圳由二水經田中、田尾、永靖、埔心、溪湖、埔鹽到福興而入海。大圳建有多處小水壩，陸續開鑿大大小小支流，縱橫交錯，灌溉範圍占今日彰化縣境半數以上農田。

位於二水鄉源泉村八堡圳分水閘旁，建了一座廟宇，奉祠八堡圳「有功先賢」，傳頌頗廣；至於何時何人發起建造，眞實背景意義如何，和台灣處處神廟相似，也帶有濃厚傳奇色彩，無從查考。何況祠廟上的匾額，明顯看出年代已遭竄改，由「大正」改爲「民國」。我不願人云亦云。值得探究的是，在我年少時期，仍有不少村民生活困苦繳不起水租，半夜突然被捉走，那樣驚惶無助的情景，我一直印象很深刻；爲了繳租換人，不知造成多少家庭的辛酸悲劇。

八堡圳固然開啓了彰化地區的農民墾荒，然而廣大農民並非平白受惠，而是必須長年承擔重租苛稅的夢魘，果眞如是，這樣的「功德」怎樣衡量呢？

4

日據初期，一九〇七年（明治四十年）左右，日本殖民政府以水租、地方稅及貸款等資金，於溪州鄉大莊村進行修建莿子埤圳工程，圳渠流經彰化縣境南面的溪州、埤頭、二林及芳苑四鄉鎮，並延伸許多小圳溝，是台灣第一個官設埤圳。

我就讀的國民小學，和我居住的村莊，都是靠近莿子埤圳，相距約步行三十分鐘，而學校在上游，每逢炎炎夏日，中午放學，較高年級的男生，經常一出校門便將書包、衣服全交給低年級生，跳進河裡，或仰式或狗爬式，順水流游回家。

往昔大圳水雖然混濁，但乾淨可靠，鄰近住户的男孩，誰不曾在這條大圳垂釣、玩水而成長，留下無數戲耍的歡叫聲呢？甚至還有人挑回河水，倒進大水缸，加些明礬，待泥沙沉澱，可供作食用水。

返鄉任教二十餘年來，每天沿著莿子埤圳圳岸道路上下班，眼見常有鄉親將垃圾倒進大圳，圳邊常堆積各種廢棄物，河面上常漂浮著瓶瓶罐罐，聚集水壩處，河水已非混濁而是污濁，已無魚蝦可釣，也無孩童敢於下水了。這豈是感慨足以形容我的心情。

八堡圳或莿子埤圳，畢竟只是灌溉設施，尤其是莿子埤圳灌溉區域，仍屬於舊濁水溪流域，一旦做大水，雖有土堤，擋不住強大水勢，河水四處漫漶，不只造成農作物莫大損失，農民血汗付之流水，人畜亦常隨大水而漂流。

一九一二年（日本大正元年），殖民政府全面徵調各村壯丁，實施義務勞動，動工興造濁水溪下游兩岸堤防，保留原有埤圳，將河域向內改道，從河床搬運大石做爲堤防底部，配合鐵籠圍護，再填上丈餘高的土石，鄉人至今仍習稱爲「土岸」。全長約一百公里。

整座堤防北岸是彰化縣境的二水、溪州、竹塘、大城四鄉鎮；南岸是雲林縣境的林內、莿桐、西螺、二崙、崙背、麥寮六鄉鎮。

吾鄉地名溪州，顧名思義，原本也是濁水溪流域的沙洲，地形略呈狹長，多數村落的名稱，都和溪流有關連，或有地形演變的背景，如下壩、圳寮、三條圳、東州、溪厝、水尾……也有多處沿用溪底、溪埔、下水埔等舊稱，可以想見先民逐水草而居而耕的景況。

5

從我居住的村莊，過莿子埤圳，走到堤岸，約二十分鐘，沿途是廣闊的農田。而我家田地和堤岸還有一段距離，孩童時代常跟隨大人去田裡玩耍，有時撿番薯、拾稻穗、採野菜，及做些零雜農事，但因幼小，活動範圍竟未親近堤岸，直到小學二年級，第一次參加春季遠足，才見識了堤岸的面貌。

原來從我就讀的小學出發不久，即抵達堤岸，這次遠足的行程，便是走在堤岸上一直向西而行。到了遠足終點休息吃便當，站在堤岸上瞭望，發現我家農田正巧就在對面，感覺其實並不太遠。

從此因熟悉而揭開隔閡，一有機會，便和三、兩童伴跑向堤岸，打滾、嬉戲、奔跑，順著斜坡往下滑，乃是最大型最自然的溜滑梯，或來放牧牛隻、羊群，或烤番薯、烤甘蔗等等鄉間孩童自助式的免費野餐；而且發現了濁水溪河床的遼闊天地，我的童年生活領域，逐漸擴展、逐漸豐富。

長年生長於斯土、耕作於斯土，許許多多生命體驗、生活記憶，緊密地牽繫著不斷加深的鄉土情愫。

每當遠方城市的友人駕臨鄉間來訪，如時間許可，我總喜歡帶領友人走向田野，沿路向友人解說田裡的作物和農作情況，而後走到堤岸上看看台灣第一大河域濁水溪，我固執認爲，這樣來回走一趟，應該可以大致了解吾鄉鄉民的生命依歸，然而我的濃郁鄉情，卻難以使用簡短言詞來表達。

題解

詩人透過文化地理與水利建設歷史的多方考察，建構出其散文地景的豐富樣貌。吳晟說：「長年生長於斯土、耕作於斯土，許許多多生命體驗、生活記憶，緊密地牽繫著不斷加深的鄉土情愫。」就是這種忍不住的情懷觸動其為家園不斷的進行書寫，「寫臺灣人、敘臺灣事、繪臺灣景、抒臺灣情」向來是吳晟的創作主張。

作者

吳晟本名吳勝雄，一九四四年生，彰化縣溪州鄉圳寮村人。創作以新詩為主、散文為輔，寫作之餘亦從事農事。

屏東農業專科學校畢業後，曾任溪州國中生物科教師，一九九五年退休。目前專事寫作寫作，兼任靜宜大學中國文學系講師。出版詩集：《飄搖裡》、《吾鄉印象》、《向孩子說》、《吳晟詩選》。出版散文集：《農婦》、《店仔頭》、《無悔》、《不如相忘》、《筆記濁水溪》等。

中正老街

許正平

選文

歡迎光臨新化。我的小鎮。

旅人啊，你正走馬看花於其上的這一段，中正路三三四號至四四三號，鎮上的人們習慣叫它老街。遊逛新化街，這應該是最不可不浪蕩過的一段，整條街的建築立面都是仿十七世紀歐陸巴洛克風格，華麗的浮雕與裝飾，把小鎮歷史曾有的浮花浪蕊，都順勢雋刻其上。這些當然你是滾瓜爛熟的，先有明治維新積極西化，再有日本殖民台灣五十一年，於是我們也間接學到那些西洋人的派頭啦。

旅人啊，手邊的旅遊指南告訴你，這一切都是從大正十年開始的，一九二一，一位叫做林茂己的富有人花大錢請來工匠，折了原本破舊低矮的老店面，蓋起全新化第一棟兩層高的西洋樓，開布莊。石砌牆面的厚重與氣派，牆面上花草雕飾的華麗精緻，引來左鄰右舍的豔羨，紛紛跟進，十幾年的工夫，小鎮就有了一條摩登的商店街。

什麼巴洛克啊，小時候，我當然不懂得，只會在媽媽偶爾說：「走！來去新化街！」便蚱蜢般雀躍。其實，媽媽帶我來的，通常是坐滿了一整排準備燙個櫻桃小丸子媽媽頭的婦女們的美容院，已經上坐的，滿頭髮捲，卻仍忙著跟隔壁的三姑六婆們三姑六婆著。等待開始以後，我就覺得無聊了，可是美容院的波浪捲阿姨說，弟弟，媽媽很快就好，不要亂跑，我只好眼巴巴地把臉貼在落地玻璃門上，望著外頭的街景發呆。那時，我才剛開始認字，可是我學得很快，已經可以準確無誤地唸出弘大號、吉仁堂藥房、永達醫院、新泉美商店、新勝興布莊、建新五金行等，好幾家商家行號。有好幾次，我看見一個騎單車的女孩子叮鈴鈴從大街上經過，馬上認出來那是正青春好打扮的小姑姑，彼時她尚未出嫁，有一頭隨風飛揚的長頭髮。

燙完，頂著香噴噴的新髮型，媽媽會帶我到同一條街上的新吉成百貨行，那裡有日本品牌蜜斯佛陀的專櫃，有各種款式的訂製仕女洋裝，其中幾款由門口金髮碧眼昂首叉腰的假人模特兒穿著。上小學那年，媽媽在此爲我備妥達新牌書包和全套太子龍制服。我還記得，中年的老闆娘見是媽媽，從狹長的店面空間深處迎出來，那張塗了白粉和胭脂的臉，臉上恬適靜好的笑，和她手中日本服裝型錄上的貴婦們一模一樣。

新吉成已經不存在了，如今，原址新開一家俏比名品，專賣女性內衣。整條老街掛滿新式的壓克力霓虹燈，不二家衣著館、語庭複合餐飲、聯強通訊、自然美養生會館，對比著那些仍以水泥雕塑在原建築立面上的商家名號。水泥啊，近百年前是多麼新穎進步的建築工料，用來拼寫成店名，好像那些布莊、那些餅舖一百年一千年都會繼續在此經營下去一樣。

我的旅人，你是否正嘗試從顯得老舊、或說復古的當今街景，揣想當初新市街落成，將原本僅容牛車一輛通行的街道拓寬後，小鎮突然飛迅、突然現代起來的鬧熱境況，以布匹與藥材爲主的商業活動召來鄰近街庄的人潮車潮，川流，絡繹。然而，你很快便發現，那畢竟是一部年久失修、飽含太多雜訊與蝕刻痕跡的黑白電影，播放不了太久，便喀嚓一聲斷訊，漆黑一片了。

旅人，這樣逛著，這樣駐足良久，你感覺腿痠口渴，有些累了，日頭已經攀過頭頂，也該趁早尋個落腳處啦，你朝老街和中山路十字相交的路口走，那裡有一家，名喚中央旅社。三層樓，洗石子牆面，磨石子地板，長相完全退流行，如果你不是鼓起勇氣走進去，恐怕得在外面徘徊躊躇老半天懷疑它是不是還有在營業。老闆見你來，表情有些驚愕，彷彿店雖開著，卻不該有客人上門似的。

你何嘗不知道這旅社之舊之爛，只是放眼小鎮也再找不到其他像樣旅館，況且，根據你的資料顯示，老街與中山路交叉口這一帶，老一輩新化人都稱它「三角湧仔」。更早更早，新化還叫做大目降的時候，風水地理師就說了，此地是個「八卦蜘蛛穴」，聽來玄之又玄，但說穿了，其實是在稱讚小鎮有著像法國凱旋門那樣，從中心輻射向四面八方的交通路線網，往玉井，往新市，往關廟，往台南，而這八卦寶地的中心點，恰恰好，就落在十字路口，中央旅社外一帶。

「阿嬤，爲什麼妳都講三角湧、三角湧仔？」我阿嬤還在的時候，我曾這麼問她，她帶我上新化街，總是不說新化街，而說是去三角湧。

阿嬤說，這塊做爲八卦好穴輻輳的三角地，賺錢若水湧，當然號作三角湧囉。阿嬤記憶中的三角湧，時常擠滿從鄰近山區前來的農家牧人們，他們挑著擔子，和商賈買家就他們攜來的各式山產討價還價，日暮黃昏時，許多人來不及趕回家或者隔日還得繼續挑擔前往府城做買賣，便就近找個「販仔間」住下。阿嬤還說，當時有一種「輕便車」，走糖廠小火車用的那款輕鐵軌，卻是由司機以竹竿撐地前進，行船似的，一台可坐四人，招足人數後才開動，去回鄰鄉新市之間。還有啊，還有夜市仔，交易牛隻的牛墟，都在這附近，走江湖的王祿仔仙，有錢人才去得起捨得花的神祕江山樓……太多了，老歲人的回憶裡有太多是只存一個名詞，我卻見都沒見過的事物，我跟著她在街上走，看著聽著，時常錯覺阿嬤的三角湧仔並不是我的新化街，它們只是在不同時期使用了同一個地方的不同街區而已。

「販仔間」就是當時的簡易旅社，據信，中央旅社就是販仔間的遺留與進化版。旅人，抱著這樣的好奇與懷舊心態，所以你想來住住看嗎？只是，看著如今又小又破的櫃台，又老又禿的老闆，以及進門處的陳年沙發上橫陳著的，三個穿著深色薄紗襯衫、大捲頭、高跟鞋的濃妝女人們，你本來以爲她們是老闆娘和她的女兒們，可是，現在你納悶了起來，那個萬事美好的年代已經不在，公車路線貫通以來，來去玉井、南化等山鄉與台南之間只是一兩個小時之間的事情，再也不用挑擔迢迢趕路，再也不用花上一天一夜途中還得在大目降找個販仔間暫歇，怎麼旅社還能舊舊爛爛地撐到現在，該不會，你知道的，有些偏遠破落的小旅社兼營「外賣」？

儘管如此，你仍狐疑著跟老闆上了二樓，由他的手中接過了鑰匙與熱水壺，二〇三，你的房間，旅人。

開門之前，你好緊張，彷彿門開以後，你便會就此進到另一個截然不同的時空一樣。然而，緩緩開啓的，是一片昏暗，有光，但被厚重的窗簾擋住了。一股腐霉的味道撲鼻而來。你開燈，拉開窗簾，房間才勉勉強強亮了一點。好小啊，你的第一個感覺。沒有衣櫃，衣架一排釘在牆上，你把風塵僕僕的背包和外套脫下。在白瓷的洗手台前洗把臉，排水口積了一層用力刷應該也洗不掉的黑垢，只有這個洗臉台，沒有浴間，洗浴方便得到外邊。牆上鏡子左下方有一排紅色的油漆字，中華民國五十四年七月鎮長王教本敬曾，贈掉了貝成了曾。你敲敲牆壁，木板隔間，很薄。牆壁上貼著和窗簾同色系的玫瑰花色壁紙，玫瑰盡皆枯萎，髒污的漬痕如藤蔓從地面、從天花板恣意攀爬蔓延。幸好床是彈簧的，鋪著還算乾淨的白色床單，唯一的安慰。你在床上躺下，累啊，潮熱的感覺卻像眼前空氣中的微塵，漸漸在你身上游移。你隨手開了冷氣，轟，它像不甘心長久以來的安靜被你打擾了，大聲運轉起來。

你簡直不敢想像，販仔間時代，這些房間可能只是一整片大通鋪，所有趕了一天路的販仔們，從那遙遠的山鄉來，只求有個可以躺下睡上一覺的床板就夠啦，三三兩兩挨擠著，竟然也就發出了鼾聲，哪管他濃重刺鼻的汗臭味啊，或者床底下擔籠裡的雞鴨還在咕咕叫哪。你甚至開始擔心，不一會兒，會有叩叩的敲門聲，會有薄紗襯衫的女人一枚，或是老闆娘半老徐娘，喊著special就把自己橫擺進來……

日午漫長，只有冷氣機嗡嗡嗡規律而大聲的運轉，你拿出旅行筆記，想把小鎮的從前再複習一遍，然而，你好累了，旅人，你睡著啦。

似睡又未睡的夢中，將醒未醒的淺寐裡，你聽見身邊似乎有人翻身，有人啪一聲拍打腳邊的蚊子，有人進來，沒有說話，將整個空間掃視了一遍，找個空位，就地躺下，有人似已受夠了咕咕咕的雞叫，夢囈似的啐了聲，麥吵，而門外則有隱隱約約的歌聲，配合著洗浴時的嘩啦嘩啦。

月色照在三線路，風吹微微，等待的人那抹來——

旅人，敲門聲把你驚醒，你睜開眼，滿室的黑暗，你睡了這麼久，夜幕已經降臨。叩、叩、叩，你又聽到敲門聲，悶悶幽幽，不會吧，你想，來了。你驚疑躊躇，畏畏縮縮，終於還是把門打開。門外，果然是個女子，跟你想像不同的是，她穿著古裝，流蘇水袖，像歌仔戲裡的花旦。你不知該如何反應，硬生生，把門又給關上。然而，女子等不及了，她不再費力氣敲門，她的形體直接穿牆破門進來。

那麼，不只是個女人，而是個女鬼了，你想。

少年郎，你免驚，我抹給你害，古裝女子說道。你已經目瞪口呆，原來這古舊小鎮，除了老街，除了巴洛克，還有鬼，不過，瞧女子豔粉花容底下眉心緊蹙、眼神低垂，似有化不開的心事厚厚一層，她說不會害你，你有些相信了。女子蓮步到床邊，沿著床緣淺淺坐下，朱唇輕啓，嘆出一口氣，說，少年郎，今暝正月十八，你這，借我躲一下。你愕然，不解女子之意。女子眼神朝窗外探了探，對你示意。你這才聽見窗外有鑼鼓，還有鐃鈸，叱叱吒吒。今暝，是十八嬈啊，女子幽然。

十八嬈啊，你知道，你的旅遊書上有寫。話說這新化三角湧仔雖是八卦蜘蛛穴的好風水，足以庇蔭世世代代子孫們好福氣，然而百利中卻有一害，就是會蹦出個蜘蛛精來作怪。八卦形如蛛網，那淫邪的蜘蛛精就盤踞其中，吐出穢氣千條，造成地方騷亂。每大年初一過後，是發作的時刻，小鎮上的女眾們一個個突然中邪一般，從良家婦女搖身一變，成了懶女蕩女，把家事本分全丟在一旁，媚眼狐騷，放蕩浪漫。多麼好的一個享樂度日的溫柔鄉啊，你想，但這卻叫當時的鎮民們擔憂不已，他們來到朝天宮請求媽祖指點，媽祖說，欲破解此災厄，必須請出鎮內七座廟太子爺、清水祖師、觀音媽這些七星眾神作伙遊街，祈福解厄，再配合恁這些善男信女厝內厝外大拼掃，把蜘蛛絲掃出門，如此，自可恢復正常的生活，四季平安。於是，正月十八那天，入夜以後，各廟宇巡街遊夜景的隊伍全部都到朝天宮集合，抽籤，定好路線以後，鑼鼓隨即奏樂，神轎起駕，出巡囉，清蜘蛛絲來囉。

你來到窗邊，看著遊夜景的神明隊伍從朝天宮方向一路迤邐而來，鎮上人家已在庭前備好祭品香案，等隊伍一接近，馬上燃放鞭炮，家中無論男女老幼都分配到三支香，虔心祭拜，當然，年紀小的孩子們更有興趣的是那些彩車藝陣，宋江陣、老背少、蚌殼精、八家將、七爺八爺，還有最令人目眩神迷、繁複而華麗的舞龍舞獅，嗩吶聲響，蜘蛛絲應聲而斷。雖然號稱為去淫除害，那些平日埋首於田地莊稼中的鄉人們啊，塗了豔粉、穿戴上八珍七彩，卻更像在享受一年只有一次難得的嘉年華。旅人，你好興致勃勃看著，像那些年紀小的孩子們一樣。

突然，蜘蛛纏絲似的，古裝女子斷斷續續地哭了起來，你忙轉身關切，怎麼啦，怎麼哭啦？女子欲言又止，反覆再三，終於再度輕啓朱唇，噴出一句，我就是，我就是蜘蛛精啦。

女子起身，雙手甩出水袖，一手蓮花指，一手半遮面，再說一次，我就是蜘蛛精啦。你還以爲蜘蛛精是什麼八隻腳的毛茸茸怪物啊。女子水袖再拋出去又收回來，說起自己的家門身世，她說啊，她不過是個女紅妝年華二八，愛嬌愛水，個性說來說去，就是愛著卡慘死，爲愛放抹離，愛起來親像蜘蛛絲勾勾纏，什麼都可以放棄，日月顛倒，蝴蝶飛，鶯燕啼，眾人卻因此就來講伊無法無天，害人爲非，逐年打鑼撞鼓作法欲解決伊，叫伊是放蕩風騷的蜘蛛精，啊，無奈的青春，無解的感情，哀哀哀。

你聽著古裝女子宛如唱歌仔戲般娓娓告白，不禁推想起這些故事與傳說誕生的荒遠從前。一年農忙之後，終於歇息下來的大年初一早晨，平時極度勤勞外加過分節儉、操持起一家大小的誰家媳婦，突然懶洋洋的再也下不了床，臉頰緋紅，全身潮熱，時而杏眼圓睜，滴溜溜地轉。蜘蛛精作怪啦，家人們喊了起來。熱病傳染開來，一傳十，十傳百，小鎮婦女一年才能發作一次的情慾宿命、深閨情怨呀，不給伊鬧一個十天半個月不干休。

巡行的隊伍走遠了，只在幾條街外偶爾還爆擦出一些零星的鼓音。多謝公子相救，女子說，告辭囉，同樣地，穿牆而過。你跟上，卻碰了壁，這才意識到自己到底是人肉之身，摸摸鼻子，連忙開門跟上。你跟著女子來到街上，鞭炮炸過之後，滿地的碎紙花，在夜晚的黃土路上隨時而旋起的氣流翻揚。黃土路？你意識到眼前流動的街景和你來時竟大大不同啦。霓虹燈悉數被撤除了，點亮店家門面的，是一盞又一盞燈泡，昏暗泛黃的色澤讓整條中正路浸泡在古老的舊時光一樣，卻也將樓房上那些蜿蜒曲折的動物與花草浮雕鏤刻得更雄偉華麗了些。街角一位說書人，把諸葛亮的故事講得嘴角全破，在他對面打對台的，是走江湖賣膏藥的王祿仔仙，圍繞著他們周圍自然而然形成一個夜市仔，挑擔赤腳的莊稼人、三輪車與咿歪作響的鐵馬穿梭來去，偶然有一輛黑頭金龜車緩緩經過，大家便定格似的佇足覷望，目送伊直到拐彎消失不見。一定是去銷金窟江山樓，有個擔著新筍的傢伙這麼說。你恍然，你正身處日本時代，好幾十年前。

你卻也納悶起來，日本人推行「皇民化運動」，早就禁止島上各種祭祀拜神的節慶了，鎮上不興十八娧也有些年月，歷史你背得很熟，怎麼剛剛還有鬧熱的隊伍經過？女子沒有多說，只回頭笑你一眼，意思是，你都見得到蜘蛛精我了，還有什麼不可能發生呢？

跟著女子，你們走過一家又一家人潮流水的店舖。四三九號，晉發米穀商店，從福建晉江來的人家，一八七二年就開張了的「米輾」，稻穀經石磨與杵臼壓輾、去殼後，成爲白米，許多挑擔的販仔將擔來的山產換成現金後，又在此將現金換成家裡香噴噴的白米飯。四三一號，泰香餅舖，西餅尚未風行的時代，街上同時有好幾家這樣的糕餅店，常見的鳳梨酥、綠豆椪、鹹糕，特製的冬瓜豬肉餡餅、香菇魯肉餡餅、烘片糕，嫁娶訂大餅，男孫周歲要紅龜粿，都得上新化街來。還有一種「丁餅」，你好奇地試吃一口，無甚滋味，無內餡。女子告訴你，這白色的餅皮是用樹薯做的，在附近的崙仔頂那邊，若舊歲曆裡新添男丁，過年時總要向餅舖訂這種餅，送給親戚朋友分享弄璋之喜，所以叫丁餅，這餅不是隨時有，要等過年春天時店家才做，才吃得到，然後，再過些年，日子更富裕了些，泰香餅舖的周老闆會開始改用麵粉做餅皮，添上桔子醬、麥芽糖做餡，吃起來有一股水果的淡淡清香，那時，改良後的丁餅就新號作「水果餅」了。對面三六六號的濟德堂中藥房裡，除了漢藥特有的濃厚氣味，還能看見老闆戴先生邀集了街里間的秀才王則修與一干雅好文藝的朋友，正在賦詩唱曲，吟風弄月，「忠心昭日月，壯氣挾風雷」，王秀才那樣唸著，日本時代的漢文詩，當時的文藝啊。還有四一五號的新勝興布店，人稱樹嬸仔的老闆娘喊著「童叟無欺，和氣生財」，那些最新款的、色澤鮮豔的布料一匹匹，選美似的排列在他身後的檜木櫃子上，人客若上門，看中其中一匹想裁做新衫，樹嬸仔便將布在檜木長桌上攤開，裁下一段來。你看見店門口掛著一塊廣告牌，風來，轉呀轉的，上面寫著「老嫁妝」，老嫁妝是啥米？老嫁妝就是壽衣啊，女子說。啊，小姐女士們愛光顧的時行布店也賣這種東西，你心裡有疑。女子笑你的大驚小怪，古早時陣的人若有歲有年紀，男男女女都會爲自己準備這樣一襲，生生死死本來自然，尤其那個醫學猶落伍的時代，看開了，也就沒啥好禁忌。你怪奇，這女子看來稚嫩幼齒怎麼懂得那麼多，女子嗔道，想我蜘蛛精在這個八卦穴裡住了幾千幾百年，人情世故見多看多，對小小一個新化不成精也算通啦。如此笑言，一揮手，水袖又遮住半面。

不成精也算通啦，女子言猶在耳，你正細細思索，一回頭，女子卻已不見蹤影，只剩笑聲如風拂過樹梢，仍在迴盪。你想喊，卻不知女子名，總不能叫蜘蛛精吧，你沿著騎樓底找了起來，四〇一號，榮興銀紙行，四〇五號，協力商店，四〇七號，回春堂，四〇九號，新萬昌，四一一號，益香齋，四一三號，建新五金行，四一九號，永昌醫院，四二三號，金榮發，四二九號，捷步鞋行，四四一號南北第七家，你跑了起來，有時還拐進人家店裡看看，夜將深，有些店面已經開始打烊，半掩笨重木門，透過雕花的霧面玻璃看去，黯黯沉沉早熄了燈。終於，你想你是失散了女子的身影了，抬頭，卻見原來伊在那兒。簷廊下，正在吐絲結新網的蜘蛛啊。

於是，旅人，你醒來，再度醒來，旅遊指南還攤開在你睡著前那一頁，穿著的衣服也相同於你進住旅舍當時，然而，你卻感覺彷彿已是多年之後。不甘於被打擾的冷氣機未知何時早已又落入沉默，少量的陽光暗中只悄悄傾斜了一點，你還在睡著前的同一天裡，還沒過完，但書上說，島上二〇〇一年舉辦的歷史建築百景徵選中，這條老街榮膺第二，更是南瀛歷史十景之首。你聽見窗外傳來的市聲吵鬧，是汽車與機車，引擎與喇叭，那麼，真的是許多年以後了，在你短短的一盹之間，一夢南柯。

你想下樓，想去看看，你那夢中的小鎮是不是，還在？

這一次，你可以看得更仔細一點。譬如，晉發米穀商店騎樓外牆上多出來的那一排彈痕，據說緣於二戰時盟軍的掃射，譬如那俗稱「斗仔牆」的牆面，雖爲外緣磚造中間塡土的工法，卻仍堅固非常，譬如那些上好檜木做的天花板、櫃台，如今都是百年老骨董了，烏金烏金地，發亮。當然，絕不只是這些，不只是山牆立面，不只是巴洛克浮雕，不只是水泥與洗石子。

你還看見一群年輕人走進米店裡，由老闆向他們講解，石磨與杵臼如何製米，年輕人認眞錄音、筆記，大概是哪裡來的文史工作隊。講解完，老闆不忘強調，雖然這些設備都還堪用，但現代人不這樣製米了，太浪費錢，浪費時間，留著，只是為了記得。

隔幾號的泰香餅舖也還開業，賣它老老淡淡的水果餅，丁餅改良後的口味，櫥窗上貼著的「歡迎陳美鳳小姐蒞臨品嚐」的大紅紙榜褪了色，但始終未撕下，大概園遊會般的社區總體營造風風火火那幾年，電視台來過，一九九九年的剪報上還報導著，周老闆原本再守幾年老店就要關店退休，但水果餅突然間被選為鎮餅，他鄉的兒女們紛紛都回來幫忙的消息。而在你經過的此刻，老先生一個人在的店裡，偶爾有客人上門，老先生會錄音帶般盡責地走出來播放丁餅改良成水果餅的由來，隨後又走回電視機前，依舊不動如山地坐著，對他來說，《綜藝大集合》的劇情顯然比生意精采多了。

新勝興的樹嬸仔如今成了老樹嬸仔，文史工作隊轉移陣地，繼續探聽關於老街的身世。老阿婆說，她本名王水蓮，本已是嫁出去的女兒潑出去的水，回來幫母親經營布店，還曾被兄長懷疑對娘家有所圖，是她忍得了受得住，才經營出這一片天。阿信般的，市井裡的家庭傳奇，老阿婆和她仍賣著的大紅花布一樣，都成最新款的復古流行了。

別被濟德堂那酷似老頭家戴老先生的身影嚇到了，那不是鬼，那是他兒子，繼承了家業，仍賣中藥。

如果你問他，他會不厭其煩地告訴你，櫃台上那幅「懸壺濟世」的匾額是前清秀才王則修的題字，他會告訴你，他的父親和王秀才亦師亦友如兄如父的交情，以及當時文人間如何交遊酬酢，哪裡有好吃的哪裡去，聽戲聽曲，閒來自己還能拉上一手好胡琴，彷佛從一幅字裡，他就能細細描畫出一卷舊日市街風情的浮世繪。

然而，這也是碩果僅存的了，更多更多，健生堂、新萬昌、新泉美、錦瑞章，早已只存其名而語焉不詳，就像一棟樓只剩門牌，卻已人去樓空。連我的新吉成、和媽媽一起去的美容院，都已經改朝換名。是的，現在是三媽臭臭鍋、SK-II、震旦通訊、寶島眼鏡、美而美的連鎖時代，老屋依舊，裡面都是新的。你還注意到，有一家「重慶登陸台灣」在弘大號的舊址上開張，你好奇那是什麼啊，湊進了看，小吃店，賣川味菜，原來是大陸新娘落地生根後新開張的口味，不只，還有一家陽春麵店兼賣越南咖啡，順便幫人介紹越南新娘。很快地，就像以前山裡來的販仔們一樣，那些更遠的外地來的口音便會爲人們所習慣，那些新式的日常也會成爲小鎮歷史的一段。短短的一條街上，旅人啊，你已經歷太長一大段時間荒原上的無垠漫遊。

然而，晚餐時間竟還未到，那麼，先往吉仁堂的舊址新開幕的古早味豆花吃一碗好了。在那裡，你又遇到了文史工作隊，他們不再問些什麼，不再專心於筆記本上抄下什麼，跟你一樣，純爲吃豆花而來，完成田野調查之後，他們開始吱吱喳喳，麻雀般，發出自己的聲音來，嘻嘻，哈哈。仔細看，男孩，女孩，一個個，都好年輕啊。「哦啊，你看——」突然，一個女孩驚叫了起來，大伙兒，包括你，都往她聲音所指示的方向看去。那是簷廊下，掛著的一張陳年蛛網，唯蜘蛛，已不知去向。

題解

臺南新化為作者的故鄉，不僅在生命記憶裡畫滿故鄉的風土人情，更在耆老親人的口述歷史中聽聞最道地的鄉野傳說。作者透過一位旅人的足跡，以第二人稱旁知觀點述說新化的歷史變遷，呈現文學距離的美感，帶讀者從中正老街走進時光隧道，看見老街的昔日。而「蜘蛛女」的現身，如夢似幻，卻突顯出新化女子的傳統角色與情慾的衝突，為地景書寫的主題更添新章。

作者

一九七五年出生，台南新化人。臺北藝術大學戲劇研究所戲劇創作組碩士，後考入清華大學中文所博士班。曾獲時報文學獎小說獎、聯合報文學獎散文獎，及臺灣文學獎劇本獎等。著有散文《煙火旅館》、短篇小說《少女之夜》，已發表演出之劇作有電影劇本《盛夏光年》、舞台劇本《旅行生活》和《家庭生活》等。

四、哲思文選

編選序

夏春梅

人因為有了哲思，可以探索各種可能，希望你，能認識自己內在藏有如此強大的潛力。哲思是什麼？哲思的英文Philosophy（拉丁文：Philosophia）源於希臘文中的φιλοσοφία，由φίλος（Philos，愛）和σοφία（Sophia，智慧）組合而成，意即「愛智慧」。先介紹兩位西方的哲學家，第一位是希臘的蘇格拉底（Σωκράτης，西元前四七〇年—前三九九年）。他喜歡站在雅典的街頭問來來往往的年輕人：「你認識自己嗎？」第二位是英國的經驗主義者休姆（David Hume，一七一一年—一七七六年）。他在解釋德國理性主義代表萊布尼茲（Gottfried Wilhelm Leibniz，一六四六年—一七一六年）時說：「人是扁平的動物，在這個世界上力氣不如其他的飛禽走獸；從整個星球看起來，也只像一條蟲。但是，這麼一個扁平的動物卻可以飛天入地，到達各種深微奧妙的境界。」

那麼人是否具有某些特質？傳統思想的重點在肯定人可以成聖，並討論人如何成聖。聖賢的類型很多，儒家式的聖人強調有為，道家式的聖人強調無為，本單元討論以儒、道兩家為主。「聖賢」轉換現代的語言可以說是人格典範、英雄、人物，或偶像。儒家以為成聖的根據在人性善，然而在科學時代，心性不只可以是道德良心，也能是認知心，認知心是成就科學文明的根據。除了成聖的根據之外，還必須介紹成聖的工夫與境界。「學而時習之」，是儒家成聖的工夫之一，因我們身處教育大學，所以挑選《禮記》〈學記〉談學習。挑選《易經》，則是探討儒家天人合一的觀念。選文中尚有《道德經選》與《莊子選》，分別介紹道家的虛靜工夫與逍遙境界。內聖與外王相輔相成，內聖完成後，外王秩序如何建立？選擇〈廉頗藺相如列傳〉則是因其中國之大臣能相知相惜，這是筆者對於民主時代建立外王秩序的期許。

學記

《禮記》

選文

發慮憲，求善良，足以為謏聞，不足以動眾。就賢體遠，足以動眾，未足以化民。君子如欲化民成俗，其必由學乎！

玉不琢，不成器；人不學，不知道。是故古之王者，建國君民，教學為先。〈兌命〉曰：「念終始典於學。」其此之謂乎！

雖有嘉肴，弗食，不知其旨也；雖有至道，弗學，不知其善也。是故學，然後知不足；教，然後知困。知不足，然後能自反也；知困，然後能自強也。故曰：教學相長也。〈兌命〉曰：「學學半。」其此之謂乎？

古之教者，家有塾，黨有庠，術有序，國有學。比年入學，中年考校。一年視離經辨志，三年視敬業樂群，五年視博習親師，七年視論學取友，謂之小成；九年知類通達，強立而不反，謂之大成。夫然後足以化民易俗，近者說服，而遠者懷之，此大學之道也。《記》曰：「蛾子時術之。」其此之謂乎。

大學始教，皮弁祭菜，示敬道也。《宵雅》肄三，官其始也。入學鼓篋，孫其業也。夏楚二物，收其威也。未卜禘不視學，游其志也。時觀而弗語，存其心也。幼者聽而弗問，學不躐等也。此七者，教之大倫也。《記》曰：「凡學，官先事，士先志。」其此之謂乎。

大學之教也，時教必有正業，退息必有居學。不學操縵，不能安弦；不學博依，不能安詩；不學雜服，不能安禮；不興其藝，不能樂學。故君子之於學也，藏焉，脩焉，息焉，游焉。夫然，故安其學而親其師，樂其友而信其道。是以雖離師輔而不反也。〈兌命〉曰：「敬孫務時敏，厥脩乃來。」其此之謂乎。

今之教者，呻其佔畢，多其訊言，及於數進，而不顧其安，使人不由其誠，教人不盡其材，其施之也悖，其求之也拂。夫然，故隱其學而疾其師，苦其難而不知其益也，雖終其業，其去之必速。教之不刑，其此之由乎！

大學之法，禁於未發之謂豫，當其可之謂時，不凌節而施之謂孫，相觀而善之謂摩。此四者，教之所由興也。

發然後禁，則扞格而不勝；時過然後學，則勤苦而難成；雜施而不孫，則壞亂而不脩；獨學而無友，則孤陋而寡聞；燕朋逆其師；燕辟廢其學。此六者，教之所由廢也。

君子既知教之所由興，又知教之所由廢，然後可以爲人師也。故君子之教喻也，道而弗牽，強而弗抑，開而弗達。道而弗牽則和，強而弗抑則易，開而弗達則思。和易以思，可謂善喻矣。

學者有四失，教者必知之。人之學也，或失則多，或失則寡，或失則易，或失則止。此四者，心之莫同也。知其心，然後能救其失也。教也者，長善而救其失者也。

善歌者，使人繼其聲；善教者，使人繼其志。其言也約而達，微而臧，罕譬而喻，可謂繼志矣。

君子知至學之難易，而知其美惡，然後能博喻；能博喻然後能爲師；能爲師然後能爲長；能爲長然後能爲君。故師也者，所以學爲君也。是故擇師不可不愼也。《記》曰：「三王四代唯其師。」此之謂乎？

凡學之道，嚴師爲難。師嚴然後道尊，道尊然後民知敬學。是故君之所不臣於其臣者二：當其爲尸則弗臣也，當其爲師則弗臣也。大學之禮，雖詔於天子，無北面，所以尊師也。

善學者，師逸而功倍，又從而庸之；不善學者，師勤而功半，又從而怨之。善問者，如攻堅木，先其易者，後其節目，及其久也，相說以解，不善問者反此。善待問者，如撞鐘，叩之以小者則小鳴，叩之以大者則大鳴，待其從容，然後盡其聲，不善答問者反此。此皆進學之道也。

記問之學，不足以爲人師。必也其聽語乎，力不能問，然後語之；語之而不知，雖舍之可也。

良冶之子，必學爲裘；良弓之子，必學爲箕；始駕馬者反之，車在馬前。君子察於此三者，可以有志於學矣。

古之學者，比物醜類。鼓無當於五聲，五聲弗得不和；水無當於五色，五色弗得不章。學無當於五官，五官弗得不治；師無當於五服，五服弗得不親。

君子曰：「大德不官，大道不器，大信不約，大時不齊。」察於此四者，可以有志於本矣。

三王之祭川也，皆先河而後海，或源也，或委也。此之謂務本。

題解

透過近期好萊塢英雄類型的電影，我們試著解釋儒家成聖的根據、工夫與境界三個問題。近期好萊塢英雄類型的電影，有許多主角原來是如你我一般的平凡人，孟子說人性善，人皆可以為堯舜，也就是人人都有成聖賢、成英雄的潛能。

英雄一般而言都有一段訓練歷程，所謂「天將降大任於斯人也，必先苦其心志，勞其筋骨，餓其體膚，空乏其身，行拂亂其所為。」英雄偶爾也會進病房，然而在復原之後，他們不約而同都重拾拯救人類，維護世界和平的願望，類似儒家思想所說的內聖外王。內聖就是有自覺的培養聖賢工夫，以發展完成其人格；外王是指人與人之間互相成全的文明秩序，而內聖與外王是一個連續不斷的活動歷程，最後將帶來合理的人間文明秩序。

1. 為何要挑選《禮記》〈學記〉

論學的基本假設是自己有所不足，所以需要學習鍛鍊。如果本身已經具足，還需要學習，更何況本身不具足。

傳統論學從先秦開始，到了西漢進入教學制度化。翻開《論語》我們看見一位洋溢學習樂趣的長者。孟子論學主張：「學問之道無他，求其放心而已矣。」荀子開始有系統論學：先鼓勵學習，示範學習的方法與內容，指出為學的最高境界，他是站在人類文明的高度宏觀學習的重要性。《禮記》〈學記〉繼承孔、孟、荀，同樣鼓勵學習，提到許多教與學的經驗，有一重點是討論教育制度。西漢儒生賈誼在〈治安策〉主張必須注重太子，也就是國家繼承人的教育紮根工作，其後董仲舒著〈天人三策〉讓大學走向制度化，從此為國育才、化民成俗得以落實。由以上簡介可見《禮記》〈學記〉居於論學承先啟後的地位。

2. 現代版的《禮記》〈學記〉

《禮記》〈學記〉來到現代，提供許多可以討論的議題，教育的未來藍圖為何？這個國家希望培養出什麼樣的年輕人？透過傳統與現代互相了解，持續耐心的溝通與對話，期望我們能寫出一份新〈學記〉。

作者

根據《漢書》〈藝文志〉顏師古注解，〈學記〉為孔子後學所記錄。

乾文言

《易經》

選文

乾卦

乾。元。亨。利。貞。（卦辭）

初九。潛龍。勿用。（爻辭）

九二。見龍在田。利見大人。

九三。君子終日乾乾。夕惕若厲。無咎。

九四。或躍在淵。無咎。

九五。飛龍在天。利見大人。

上九。亢龍。有悔。

用九。見群龍無首。吉。

彖曰。大哉乾元。萬物資始。乃統天。雲行雨施。品物流行。大明終始。六位時成。時乘六龍以御天。乾道變化。各正性命。保合太和。乃利貞。首出庶物。萬國咸寧。（解釋爻辭）

象曰。天行健。君子以自強不息。

潛龍勿用。陽在下也。見龍在田。德施普也。終日乾乾。反復道也。或躍在淵，進無咎也。飛龍在天。大人造也。亢龍有悔。盈不可久也。用九。天德不可爲首也。（解釋彖辭）

文言曰。元者，善之長也。亨者，嘉之會也。利者，義之和也。貞者，事之幹也。君子體仁足以長人，嘉會足以合禮，利物足以合義，貞固足以幹事。君子行此四德者，故曰：元、亨、利、貞。

初九曰。潛龍勿用。何謂也。子曰。龍德而隱者也。不易乎世。不成乎名。遯世無悶。不見是而無悶。樂則行之。憂則違之。確乎其不可拔。潛龍也。

九二曰。見龍在田。利見大人。何謂也。子曰。龍德而正中者也。庸言之信。庸行之謹。閑邪存其誠。善世而不伐。德博而化。易曰。見龍在田。利見大人。君德也。

九三曰。君子終日乾乾。夕惕若厲。無咎。何謂也。子曰。君子進德修業。忠信。所以進德也。修辭立其誠。所以居業也。知至至之。可與幾也。知終終之。可與存義也。是故居上位而不驕。在下位而不憂。乾乾因其時而惕。雖危無咎矣。

九四曰。或躍在淵。無咎。何謂也。子曰。上下無常。非爲邪也。進退無恒。非離群也。君子進德修業。欲及時也。故無咎。

九五曰。飛龍在天。利見大人。何謂也。子曰。同聲相應。同氣相求。水流濕。火就燥。雲從龍。風從虎。聖人作而萬物睹。本乎天者親上。本乎地者親下。則各從其類也。

上九。亢龍有悔。何謂也。子曰。貴而無位。高而無民。賢人在下位而無輔。是以動而有悔也。

潛龍勿用。下也。見龍在田。時舍也。終日乾乾，行事也。或躍在淵，自試也。飛龍在天。上治也。亢龍有悔。窮之災也。乾元用九。天下治也。潛龍勿用。陽氣潛藏。

見龍在田。天下文明。終日乾乾。與時偕行。或躍在淵。乾道乃革。飛龍在天。乃位乎天德。亢龍有悔。與時偕極。乾元用九。乃見天則。

乾元者。始而亨者也。利貞者。性情也。乾始能以美利利天下。不言所利。大矣哉。大哉乾乎。剛健中正。純粹精也。六爻。發揮。旁通情也。時成六龍以御天也。雲行雨施，天下平也。君子以成德爲行。日可見之行也。潛之爲言也。隱而未見。行而未成。是以君子弗用也。

君子學以聚之。問以辯之。寬以居之。仁以行之。易曰。見龍在田。利見大人。君德也。

九三。重剛而不中。上不在天。下不在田。故乾乾因其事而惕。雖危無咎矣。

九四。重剛而不中。上不在天。下不在田。中不在人。故或之。或之者。疑之也。故無咎。

夫大人者。與天地合其德。與日月合其明。與四時合其序。與鬼神合其吉凶。先天而天弗違。後天而奉天時。天且弗違。而況於人乎。況於鬼神乎。

亢之爲言也。知進而不知退。知存而不知亡。知得而不知喪。其爲

聖人乎。知進退存亡而不失其正者。其唯聖人乎？（解釋象辭）

題解

1.《易經》與〈乾卦〉

《易經》為群經之首，喜愛金庸武俠小說的同學對於《易經》應不陌生，《倚天屠龍記》中的降龍十八掌虎虎生風，「潛龍勿用」、「見龍在田」、「或躍在淵」、「飛龍在天」、「亢龍有悔」招招皆出於《易經》〈乾卦〉。如果希望進一步了解這些招式的由來，歡迎回到《易經》一探究竟。《易經》共有八八六十四卦，此處舉出「乾卦」以見微知著。

2.儒家易，不取占卜，而取其修身養性之義

《易經》原是用來卜筮，儒家取其修身養性之義。孔子曾經讀《易》至韋編三絕，荀子曰：「善易者不卜。」奠定後世儒者對於《易經》的理性態度。

3.重要觀念

《易經》是一套符號系統，透過這套符號系統可以看見儒家所勾勒的天地宇宙。《易經》中的八卦代表前人所歸納出來的天象：「天、地、風、雷、水、火、山、澤」。「乾」這個符號象徵「陽」、「天」，「乾元」代表創造的大生之德；「坤」為「陰」、為「地」的象徵，「坤元」代表乘載的廣生之德。結合創造的天與承載的地，乾坤並建形成一股向前推進的生命動力，所以說

「生生之謂易」，並以「太極」為象徵符號。

人有自由意志，可以選擇順天而行，也可以逆天而行。《易經》的作者選擇順天而行，假設人與天地之間有共同的節奏與韻律。人處在天地之間，是天地的樞紐，可以參與天地化育，是為天人合一，即〈乾文言〉所謂「大人者，與天地合其德」，此處的大人可以說是儒家式的聖人。學《易》有何現代意義？今日時值全球暖化，談《易經》中的天人合一，可以替愛護地球援引自古以來的源頭活水。年輕人對韓劇不陌生，但是你可知道韓國國旗的由來？另外，據說萊布尼茲二進位的靈感也來自《易經》。

作者

相傳遠古時代的伏羲開始畫八卦，至周文王重疊八卦為六十四卦，解釋卦爻辭的彖、象、文言為孔子以及孔子的再傳弟子所作。

《道德經》選

選文

第一章：「道可道，非常道；名可名，非常名。」

第八章：「上善若水。水善利萬物而不爭，處眾人之所惡，故幾於道。」

第十章：「專氣致柔，能嬰兒乎？」

第十六章：「致虛極、守靜篤，萬物並作，吾以觀復。」

第二十五章：「人法地，地法天，天法道，道法自然。」

第三十七章：「道常無爲而無不爲。」

第四十章：「天下萬物生於有，有生於無。」。

第四十一章：「大音希聲，大象無形。」

題解

1. 何謂道？

道若指唯一，The one，則可以有如「駭客任務」中的基努李維，是個救世主。除了救世主之外，在《道德經》中的道也可以解釋為人生的最高境，《道德經》說：「道法自然。」最高境界並不遠，回到原來的你便是自然，用現代的語言說：好好做你自己就是英雄。

2. 如何與道合一？

與道合一，需要工夫練習。在《道德經》中提到「上善若水」：最好的境界就是讓自己像水一樣。「專氣致柔，能嬰兒乎？」：專注於呼吸，使氣息柔和，能像嬰兒一樣嗎？「致虛極，守靜篤」：讓自己好好沉潛。

「如果你靜靜坐著觀察，會發現你的心躁動不安。你努力想使自己的心靜下來，結果卻更糟，過了一段時間，你的心還是可以靜下來。這時你會感覺一些比較微妙的東西──你的直覺像花朵般綻放開來，你看到的一切變清晰，你比較能夠活在當下。你的心慢下來，每一個剎那都可化為永恆，你會看到很多以前看不到的事物。這是訓練，你必須不斷練習，才能達到這個境界。」這段話出自十九歲的賈伯斯之口，這是他在印度尋找自我的心得之一。希望透過以上舉例，可以簡單說明《道德經》中的「無中生有」、「無為而無不為」、「聖人用心若鏡」、「致虛極、守靜篤，萬物並作，吾以觀復。」所謂的「無」、「鏡」或「虛靜」是指內心的沉潛清靜，這份沉潛清靜有助於對象在心中的完整呈現，完整呈現便是「無不為」、「萬物並作」。

在藝術領域很能照見老莊思想。在藝術創作的過程中，對於藝術本質的思索，都可列入「道法自然」的示範。宋元山水中的留白可作為「大象無形」的註腳，這無形的留白能容納觀眾的喜怒哀樂，讓整幅作品有了呼吸，這是東方藝術的特色。美國古典音樂作曲家約翰．凱吉（John Milton Cage Jr.，一九一二年—一九九二年）他的名作《4’33”》則可以詮釋「大音希聲」，《4’33”》三個樂章全為休止符，演奏現場所發出的任何聲響，都將構成這首作品的音符，閉上眼，敬請聆聽生命中的不平凡。至此，你或許較能體會泰戈爾這首詩的韻味：「**Sit still, my heart,do not raise your dust. Let the world find the way to you.**」「靜靜地坐著吧，我的心，別揚起你的塵土，讓世界循著他自己的路，來到你面前。」

作者

老子為周守藏室之史，孔子至周，曾問禮於老子。孔子云：「吾今見老子，其猶龍邪？」老子修道德，自隱無名，見周之衰，遂離去。至邊關，守關人尹喜邀老子著書，成《道德經》。

《莊子選》

選文

1. 心齋與坐忘

回曰：「敢問心齋？」仲尼曰：「若一志，無聽之以耳，而聽之以心；無聽之以心，而聽之以氣。聽止於耳，心止於符。氣也者，虛而待物者也。唯道集虛，虛者，心齋也。」（《莊子》〈人間世〉）

仲尼蹴然曰：「何謂坐忘？」顏回曰：「墮肢體，黜聰明，離形去知，同於大通，此謂坐忘。」（《莊子》〈大宗師〉）

2. 逍遙遊

北冥有魚，其名爲鯤。鯤之大，不知其幾千里也。化而爲鳥，其名爲鵬。

鵬之背，不知其幾千里也。怒而飛，其翼若垂天之雲。是鳥也，海運則將徙於南冥。南冥者，天池也。

《齊諧》者，志怪者也。諧之言曰：「鵬之徙於南冥也，水擊三千里，搏扶搖而上者九萬里，去以六月息者也。」野馬也，塵埃也，生物之以息相吹也。天之蒼蒼，其正色邪？其遠而無所至極邪？其視下也，亦若是則已矣。

且夫水之積也不厚，則負大舟也無力。覆杯水於坳堂之上，則芥爲之舟；置杯焉則膠，水淺而舟大也。風之積也不厚，則其負大翼也無力。故九萬里則風斯在下矣，而後乃今培風，背負青天而莫之夭閼者，而後乃今將圖南。

蜩與學鳩笑之曰：「我決起而飛，搶榆枋而止，時則不至而控於地而已矣，奚以之九萬里而南爲？」適莽蒼者，三餐而反，腹猶果然；適百里者，宿舂糧；適千里者，三月聚糧。之二蟲又何知！小知不及大知，小年不及大年。奚以知其然也？朝菌不知晦朔，蟪蛄不知春秋，此小年也。楚之南有冥靈者，以五百歲爲春，五百歲爲秋；上古有大椿者，以八千歲爲春，八千歲爲秋，此大年也。而彭祖乃今以久特聞，眾人匹之，不亦悲乎！

湯之問棘也是已。窮髮之北，有冥海者，天池也。有魚焉，其廣數千里，未有知其修者，其名爲鯤。有鳥焉，其名爲鵬，背若泰山，翼若垂天之雲，搏扶搖羊角而上者九萬里，絕雲氣，負青天，然後圖南，且適南冥也。斥鴳笑之曰：「彼且奚適也？我騰躍而上，不過數仞而下，翱翔蓬蒿之間，此亦飛之至也。而彼且奚適也？」此小大之辯也。

故夫知效一官，行比一鄉，德合一君，而徵一國者，其自視也亦若此矣。而宋榮子猶然笑之。且舉世而譽之而不加勸，舉世而非之而不加沮，定乎內外之分，辯乎榮辱之竟，斯已矣。彼其於世未數數然也。雖然，猶有未樹也。夫列子御風而行，泠然善也，旬有五日而後反；彼於致福者，未數數然也。此雖免乎行，猶有所待者也。若夫乘天地之正，而御六氣之辯，以遊無窮者，彼且惡乎待哉！故曰：至人無己，神人無功，聖人無名。

堯讓天下於許由，曰：「日月出矣而爝火不息，其於光也不亦難乎！時雨降矣而猶浸灌；其於澤也，不亦勞乎！夫子立而天下治，而我猶尸之，吾自視缺然，請致天下。」許由曰：「子治天下，天下既已治也，而我猶代子，吾將爲名乎？名者，實之賓也，吾將爲賓乎？鷦鷯巢於深林，不過一枝；偃鼠飲河，不過滿腹。歸休乎君，予無所用天下爲，庖人雖不治庖，尸祝不越樽俎而代之矣。」

肩吾問於連叔曰：「吾聞言於接輿，大而無當，往而不返。吾驚怖其言，猶河漢而無極也；大有逕庭，不近人情焉。」連叔曰：「其言謂何哉？」曰：「藐姑射之山，有神人居焉。肌膚若冰雪，淖約若處子；不食五穀，吸風飲露。乘雲氣，御飛龍，而遊乎四海之外。其神凝，使物不疵癘而年穀熟。吾以是狂而不信也。」連叔曰：「然，瞽者無以與乎文章之觀，聾者無以與乎鐘鼓之聲。豈唯形骸有聾盲哉！夫知亦有之。是其言也，猶時女也。之人也，之德也，將旁礴萬物以爲一世蘄乎亂，孰弊弊焉以天下爲事！之人也，物莫之傷，大浸稽天而不溺，大旱金石流而土山焦而不熱。是其塵垢秕糠，將猶陶鑄堯、舜者也，孰肯以物爲事！」

宋人資章甫而適諸越，越人斷髮文身，無所用之。堯治天下之民，平海內之政，往見四子藐姑射之山，汾水之陽，窅然喪其天下焉。

惠子謂莊子曰：「魏王貽我以大瓠之種，我樹之成而實五石。以盛水漿，其堅不能自舉也。剖之以爲瓢，則瓠落無所容。非不呺然大也，吾爲其無用而掊之。」

莊子曰：「夫子固拙於用大矣，宋人有善爲不龜手之藥者，世世以洴澼洸爲事。客聞之，請買其方百金。聚族而謀曰：『我世世爲洴澼洸，不過數金；今一朝而鬻技百金，請與之。』客得之，以說吳王。越有難，吳王使之將，冬與越人水戰，大敗越人，裂地而封之。能不龜手一也，或以封，或不免於洴澼絖，則所用之異也。今子有五石之瓠，何不慮以爲大樽而浮乎江湖？而憂其瓠落無所容，則夫子猶有蓬之心也夫！」

惠子謂莊子曰：「吾有大樹，人謂之樗，其大本擁腫而不中繩墨，其小枝卷曲而不中規矩。立之塗，匠者不顧。今子之言，大而不用，眾所同去也。」莊子曰：「子獨不見狸狌乎？卑身而伏，以候敖者，東西跳梁，不辟高下，中於機辟，死於罔罟。今夫斄牛，其大若垂天之雲，此能爲大矣，而不能執鼠。今子有大樹，患其無用，何不樹之於無何有之鄉、廣莫之野？彷徨乎無爲其側，逍遙乎寢臥其下。不夭斤斧，物無害者，無所可用，安所困苦哉？」

題解

1. 莊子的工夫：心齋與坐忘

莊子與老子一樣強調定靜的工夫。

顏回：「我可以請問老師什麼是心齋嗎？」孔子：「專心一志，不要用耳朵聽，要用心聽；不要用心聽，要用氣聽。因為耳朵的功能只到聽為止，心的功能只到回應為止，回應會隨外界起舞，所要用氣聽，虛位以待，對象才能在你虛位以待時，真實完整的呈現出來。」（《莊子》〈人間

世〉）

《倚天屠龍記》記載，張三丰晚年出關，不幸遭襲，只好將太極拳當場傳授給徒孫張無忌。張三丰問張無忌：「孩兒，你看清楚了沒有？」張無忌道：「看清楚了。」張三丰問：「都記得了沒有？」張無忌道：「已忘記了一小半。」……「過了一會，張三丰問道：「現下怎樣了？張無忌道：「已忘了一大半。」……張三丰畫劍成圈，問道：「孩兒，怎樣啦？」張無忌道：「還有三招沒忘記。」張三丰點點頭，收劍歸座。張無忌在殿上緩緩踱了一個圈子，沉思半晌，又緩緩踱了半個圈子，抬起頭來，滿臉喜色，叫道：「這我可全忘了，忘得乾乾淨淨的了。」張三丰道：「不壞，不壞，忘得真快，你這就請八臂神劍指教罷。」張無忌這一段有助於理解莊子的坐忘工夫，忘我才能同於大通。

2. 莊子的境界——逍遙遊

莊子的最高境界是主體的轉化飛揚。〈逍遙遊〉篇首以一場動物的嘉年華會揭開序幕，歡迎來到莊子的奇想世界。遙遠的「北冥」是指孕育生命的場所。「鯤」指小魚，代表生命開始。「鯤之大，不知其幾千里」，小魚慢慢長成大魚，大到超乎想像。〈逍遙遊〉有許多動輒數千里、數萬里的描述，隨著莊子的妙筆進入這些想像世界，再回頭看人間，你會有不一樣的遼闊視野。「化而為鳥」，魚可以化而為鳥，這是生命的轉化。「怒而飛」是生命轉化後的奮起飛揚。「海運」是轉化後的生命與道有相同的韻律節奏。遙遠的南冥是人生的究竟理想所在。人生由北冥而南冥，是一段生命由小而大，由大而化的歷程。「逍」是由魚而鳥轉化消解的工夫，「遙」是遠大的境界，「遊」是人生的自在自得。

聖賢可以有很多種，以上僅提供儒、道二家作為示範，認識你自己，做你自己所嚮往的英雄。

作者

莊子是宋國蒙縣的漆園吏，與梁惠王、齊宣王同時，與惠施為好友。

廉頗藺相如列傳

《史記》

選文

廉頗者，趙之良將也。趙惠文王十六年，廉頗為趙將，伐齊，大破之，取陽晉，拜為上卿，以勇氣聞於諸侯。藺相如者，趙人也；為趙宦者令繆賢舍人。

趙惠文王時得楚「和氏璧」，秦昭王聞之，使人遺趙王書，願以十五城請易璧。趙王與大將軍廉頗諸大臣謀，欲予秦，秦城恐不可得，徒見欺；欲勿予，即患秦兵之來。計未定，求人可使報秦者，未得。宦者令繆賢曰：「臣舍人藺相如可使。」王問：「何以知之？」對曰：「臣嘗有罪，竊計欲亡走燕，臣舍人相如止臣，曰：『君何以知燕王？』臣語曰：『臣嘗從大王與燕王會境上，燕王私握臣手，曰：「願結友。」以此知之，故欲往。』相如謂臣曰：『夫趙彊而燕弱，而君幸於趙王，故燕王欲結於君。今君乃亡趙走燕，燕畏趙，其勢必不敢留君而束君歸趙矣。君不如肉袒伏斧質請罪，則幸得脫矣。』臣從其計，大王亦幸赦臣。臣竊以爲其人勇士，有智謀，宜可使。」

於是王召見，問藺相如曰：「秦王以十五城請易寡人之璧，可予不？」相如曰：「秦彊而趙弱，不可不許。」王曰：「取吾璧不予我城，奈何？」相如曰：「秦以城求璧而趙不許，曲在趙；趙予璧而秦不予趙城，曲在秦。均之二策，寧許以負秦曲。」王曰：「誰可使者？」相如曰：「王必無人，臣願奉璧往，使城入趙而璧留秦；城不入，臣請完璧歸趙。」趙王於是遂遣相如奉璧西入秦。

秦王坐章臺見相如，相如奉璧奏秦王，秦王大喜，傳以示美人及左右，左右皆呼萬歲。相如視秦王無意償趙城，乃前曰：「璧有瑕，請指示王。」王授璧，相如因持璧卻立倚柱，怒髮上衝冠，謂秦王曰：「大王欲得璧，使人發書至趙王，趙王悉召群臣議，皆曰：『秦貪，負其彊，以空言求璧，償城恐不可得。』議不欲予秦璧，臣以爲布衣之交尚不相欺，況大國乎？且以一璧之故逆彊秦之驩，不可。於是趙王乃齋戒五日，使臣奉璧，拜送書於庭。何者？嚴大國之威以修敬也。今臣至，大王見臣列觀，禮節甚倨；得璧，傳之美人以戲弄臣。臣觀大王無意償趙王城邑，故臣復取璧。大王必欲急臣，臣頭今與璧俱碎於柱矣。」相如持其璧睨柱，欲以擊柱。秦王恐其破璧，乃辭謝固請，召有司案圖，指從此以往十五都予趙。相如度秦王特以詐佯為予趙城，實不可得，乃謂秦王曰：「和氏璧，天下所共傳寶也；趙王恐，不敢不獻。趙王送璧時，齋戒五日，今大王亦宜齋戒五日，設九賓於庭，臣乃敢上璧。」秦王度之終不可彊奪，遂許齋五日，舍相如廣成傳舍。

相如度秦王雖齋，決負約不償城，乃使其從者衣褐，懷其璧，從逕道亡，歸璧于趙。秦王齋五日後，乃設九賓禮於庭，引趙使者藺相如。相如至，謂秦王曰：「秦自繆公以來二十餘君，未嘗有堅明約束者也。臣誠恐見欺於王而負趙，故令人持璧歸，間至趙矣。且秦彊而趙弱，大王遣一介之使至趙，趙立奉璧來；今以秦之彊而先割十五都予趙，趙豈敢留璧而得罪於大王乎？臣知欺大王之罪當誅，臣請就湯鑊，唯大王與群臣孰計議之！」秦王與群臣相視而嘻，左右或欲引相如去，秦王因曰：「今殺相如，終不得璧也，而絕秦趙之驩；不如因而厚遇之，使歸趙。趙王豈以一璧之故欺秦邪？」卒廷見相如，畢禮而歸之。相如既歸，趙王以為賢大夫，使不辱於諸侯，拜相如為上大夫。秦亦不以城予趙，趙亦終不予秦璧。

其後秦伐趙，拔石城；明年，復攻趙，殺二萬人。秦王使使者趙王，欲與王爲好會於西河外澠池。趙王畏秦，欲毋行。廉頗藺相如計曰：「王不行；示趙弱且怯也。」趙王遂行，相如從。廉頗送至境，與王訣曰：「王行，度道里會之禮畢，還，不過三十日；三十日不還，則請太子爲王，以絕秦望。」王許之，遂與秦王會澠池。

秦王飲酒，酣，曰：「寡人竊聞趙王好音，請奏瑟。」趙王鼓瑟，秦御史前書曰：「某年月日，秦王與趙王會飲，令趙王鼓瑟。」藺相如前曰：「趙王竊聞秦王善爲秦聲，請奉盆缶秦王，以相娛樂。」秦王怒，不許。於是相如前進缶，因跪請秦王，秦王不肯擊缶。相如曰：「五步之內，相如請得以頸血濺大王矣。」左右欲刃，相如張目叱之，左右皆靡。於是趙王不懌，爲一擊缶。相如顧召趙御史書曰：「某年月日，秦王爲趙擊缶。」秦之群臣曰：「請以趙十五城爲秦王壽。」藺相如亦曰：「請以秦之咸陽爲趙王壽。」秦王竟酒，終不加勝於趙，趙亦盛設兵以待秦，秦不敢動。

既罷，歸國，以相如功大，拜爲上卿，位在廉頗之右。廉頗曰：「我爲趙將，有攻城野戰之大功，而藺相如徒以口舌爲勞，而位居我上，且相如素賤人，吾羞不忍爲之下。」宣言曰：「我見相如，必辱之。」相如聞，不肯與會，相如每朝時，常稱病，不欲與廉頗爭列。

已而，相如出，望見廉頗，相如引車避匿，於是舍人相與諫曰：「臣所以去親戚而事君者，徒慕君之高義也。今君與廉頗同列，廉君宣惡言，而君畏匿之，恐懼殊甚，且庸人尚羞之，況於將相乎？臣等不肖，請辭去。」藺相如固止之，曰：「公之視廉將軍孰與秦王？」曰：「不若也。」相如曰：「夫以秦王之威，而相如廷叱之，辱其群臣，相如雖駑，獨畏廉將軍哉！顧吾念之，彊秦之所以不加兵於趙者，徒以吾兩人在也。今兩虎共鬥，其勢不俱生。吾所以爲此者，以先國家之急而後私讎也。」廉頗聞之。肉袒負荊，因賓客至藺相如門謝罪，曰：「鄙賤之人，不知將軍寬之至此也。」卒相與驩，爲刎頸之交。

題解

「如果英雄不只一個」，這是我們在〈廉頗藺相如列傳〉之中所要討論的議題。各自完成內聖工夫之後的聖賢或英雄們，如何建立人與人之間互相成全的文明秩序？

廉頗何許人也？藺相如何許人也？兩人皆是戰國末年趙國大臣。廉頗為趙國伐齊，戰功彪炳；藺相如帶著和氏璧為趙國與秦國周旋，智勇雙全。藺相如慮及秦國之所以不敢侵趙，是因為國中有他與廉頗，是以對廉頗百般退讓，廉頗聞言，至藺相如門前謝罪，於是兩人結為刎頸之交。如廉、藺之輩的朝中重臣惺惺相惜，這是趙國在戰國末年強敵環伺之下還能屹立不搖的原因。

人類文明好不容易走入民主時代，然而在時代實驗的過程中，原為專制政治防腐的制衡，常演變成為互相掣肘的牽制，風簷展讀〈廉頗藺相如列傳〉，盼望人間各路英雄能相知相惜，共同攜手建立文明的外王秩序。

作者

司馬遷，西漢的史學家和文學家，所撰寫的《史記》是中國正史之祖。

附錄：「參考書籍」

王邦雄等著：《中國哲學史》，臺北：里仁書局，二〇〇五年。
余英時：《宋明理學與政治文化》，臺北：允晨文化，二〇〇四年。
牟宗三：《中國哲學十九講》，臺北：學生書局，民國七十八年。
方東美：《原始儒家道家哲學》，臺北：黎明文化事業公司，民國七十六年。
勞思光：《新編中國哲學史》，臺北：三民書局，民國七十三年。
南懷瑾、徐芹庭註譯：《周易今註今譯》，臺北：臺灣商務印書館，民國七十三年。
陳鼓應譯著：《老子今註今譯》，臺北：臺灣商務印書館，民國七十五年。
林安梧譯著：《新譯老子道德經》，宜蘭：道教總廟三清宮。
黃錦鋐註譯：《新譯莊子讀本》，臺北：三民書局，民國七十二年。
華特・艾薩克森著：《賈伯斯傳》，臺北：天下遠見，二〇一一年。
泰戈爾著：《泰戈爾詩集》，臺北：書林，二〇〇六年。

喬斯坦・賈德著：《蘇菲的世界》，臺北：智庫文化，民國八十四年。

金庸：《倚天屠龍記》，任何版本皆可。

維基百科。

「參考影片」

《少年Pi的奇幻漂流》，臺北：影傑，二〇一三。

《孔子：決戰春秋》，臺北：得寶影片，二〇〇九。

《深夜加油站遇見蘇格拉底》，臺北：崴勝國際股份有限公司發行，二〇〇九。

《蘇菲的世界》，臺北：勝琦國際多媒體股份有限公司，民九一。

《駭客任務》，臺北：威翰股份有限公司，一九九九。

好萊塢英雄類型影片

「參考影集」

《太陽的後裔》（韓語：태양의 후예，英語：Descendant Of The Sun），韓國KBS，二〇一六年。

一〇四學年度國北教大資科系參與「閱讀與寫作」課程的同學，感謝你們協助校對。

Note

國家圖書館出版品預行編目資料

閱讀與寫作／王鳳珠、夏春梅、方群、陳謙編撰. -- 初版. -- 臺北市：五南圖書出版股份有限公司, 2016.09
面； 公分
ISBN 978-957-11-8774-7（平裝）

1.國文科 2.讀本 3.寫作法

836 105014979

1X6R

閱讀與寫作

編　　著 — 王鳳珠　夏春梅　方群　陳謙
發 行 人 — 楊榮川
總 經 理 — 楊士清
總 編 輯 — 楊秀麗
副總編輯 — 黃惠娟
責任編輯 — 陳巧慈
封面設計 — 黃聖文
出 版 者 — 五南圖書出版股份有限公司
地　　址：106台北市大安區和平東路二段339號4樓
電　　話：(02)2705-5066　傳　　真：(02)2706-6100
網　　址：https://www.wunan.com.tw
電子郵件：wunan@wunan.com.tw
劃撥帳號：01068953
戶　　名：五南圖書出版股份有限公司

法律顧問 林勝安律師

出版日期 2016年9月初版一刷
2023年10月初版四刷
定　　價 新臺幣230元